実力隠した
最弱
成り
~《パーティを
ダンジョン
経営の知識
復讐するこ
上下左右［著］
Jogesayu
冬ゆき［イラスト］
Illustration Fuyuyuki
UG novels

マリアンヌ
ロト国の王女にして
「聖女」のジョブクラスを持つ。
ジルに惚れている。
高飛車で鼻持ちならない性格。
リリス
レオナールの幼馴染み。
コンプレックスだった顔の傷が
癒えたことでレオナールを
邪険に扱うようになる。

ジル
聖騎士団所属の騎士にして冒険者。
実力は高いが、女にだらしなく、性格は最悪。
レオナール追放を画策する。
レオナール
主人公。商人のジョブクラスを持ち、
魔族の血を引いている。
人並み外れた魔力を有するが、
周囲には実力を隠している。
リザ
パーティーの武闘家。
ジルやマリアンヌとともに、
魔族の血を引くレオナールを蔑んでいる。
ユキリス
エルフ族のリーダー。
追放されたレオナールを助け、
その能力を目覚めさせる。
レオナール、
リリスの過去を知る人物。

旦那様にお見せするのが
恥ずかしいものなんて、
ありません

UG novels

実力隠した最弱商人の成り上がり

～《パーティを追放されたので、ダンジョンマスターとして経営の知識を悪用し、復讐することを決めました》～

上下左右
Jogesayu

［イラスト］
冬ゆき
Illustration Fuyuyuki

三交社

実力隠した最弱商人の成り上がり
～《パーティを追放されたので、ダンジョンマスターとして経営の知識を悪用し、復讐することを決めました》～

[目次]

Contents

プロローグ　～『栄光の国王』～

「レオナール国王陛下万歳！　王国に栄光あれ！」

圧倒的な力を有する国王レオナール。周辺諸国を震え上がらせるその偉大な王の名を、王国騎士団は尊敬の念を込めて称える。

「諸君、僕がいる限り王国は不滅だ！」

レオナールの一言で民衆が歓声をあげる。彼らは自らの王に対して絶大な信頼を寄せていた。それは厄災と評される巨大なドラゴンを前にしても変わらない。

黒い鱗のドラゴンは口から吹き出す炎だけで街を一つ吹き飛ばす。そのドラゴンが羽ばたけば、一個師団が壊滅する。そういう敵を前にしてもレオナールはいつもと変わらない平穏な表情を浮かべていた。

「一撃で眠らせてあげよう」

レオナールは雷の最上位魔法を唱える。するとドラゴンの真上に黒い雲が現われ、雷の雨を降らせた。雷はドラゴンの鋼の肉体を突き破り、体内から感電させる。ドラゴンは甲高い悲鳴を上げると動きを止めた。民衆は我らが王の勝利だと、まるで神を崇めるような声をあげる。

「レオナール国王陛下万歳！　王国に栄光あれ！」

民衆の歓声が王国中で響き渡る。その声にレオナールは笑顔で答えると、傍にいた側近に自室へ戻ると告げて、転移魔法で移動する。

レオナールの自室。それは王城にある絢爛に飾り立てた部屋ではない。彼がマスターを務めるダンジョンの最下層に位置する質素な部屋だった。

「旦那様、戻られたのですね」

レオナールの配下が頭を下げて主人の帰りを出迎える。長い耳と整った容姿を持つエルフ族の女性だった。

「やはり地上よりもダンジョンの方が落ち着くね。ここで暮らした時間の方が長いからかな」

「色々ありましたものね」

「本当にたくさんのことを経験した。パーティから追放され、ダンジョンマスターとなり、復讐を果たした。それから僕は王になった。ここまで成り上がれたのも、すべてエルフ族のおかげだよ」

「そんな。旦那様の力があってこそです……」

レオナールはこのエルフの女性と話す時間が何よりも幸せだった。絶大な信頼と一途な愛情。向けられる好意は彼が何よりも求めたモノだった。

「旦那様。そういえば部屋を整理していて、気になるモノを見つけたのです」

「気になるモノ？」

「こちらです」

エルフの女性は一冊の本をレオナールに差し出す。その本に彼は見覚えがあった。

「これは僕の思い出を記録した半生記だね。何があったかを忘れないように記しておいたんだ」

「どんなことが書かれているのか、私、気になります」

「なら一緒に読んでみるかい？」

「是非お願いします！」

レオナールが半生記の最初のページを開くと、エルフの女性は彼の隣に座る。穏やかな雰囲気が二人の間に流れた。

「僕の最初の物語は復讐から始まるんだ」

レオナールは記された物語を語り始める。エルフの女性は猫が甘えるようにベッタリと彼に寄り添い、物語に耳を傾けた。

第一章　～『追放された最弱商人』～

能ある鷹は爪を隠す。実力とは必要な時に見せれば良く、むやみに見せびらかすのは愚かである。これが商人であるレオナールの人生観だった。

ビジネスの世界でもこの人生観は生きてくる。資金をいくら有し、どれだけの人員を抱え、どのような商品を持っているのか。有する力の情報をすべて公開することは、商取引において不利益を招く。例えば資金繰りに困っていることを知られてしまえば、商売相手から足元を見られることにも繋がる。

故にレオナールは実力を隠し続けてきた。周囲から無能だと馬鹿にされても。周囲から最弱ジョブクラスだと馬鹿にされても。彼は気にせず生きてきた。

「魔物は殺す、魔物死すべし、魔物は殺す、魔物死すべし！」

レオナールは商人のジョブクラスを有し、ダンジョンを探索する冒険者だ。彼はゴブリンに馬乗りになり、顔に拳を打ち付けていた。無抵抗のゴブリンは血を流して悲鳴をあげる。瀕死まで追い込まれると反応を示さなくなった。

「ふぅ〜、いい汗かいたなぁ。今日も悪を滅ぼしたぞ」

「レオナール。魔物相手だと本当に容赦のない人ですね、あなたは」

レオナールの冒険者仲間の一人で武闘家のジョブクラスを有するリザが地面に転がったゴブリンを見下ろす。黒髪黒目の美しい女性は、ゴブリンの苦痛に歪んだ表情を見て、整った顔をしかめる。

「商人の僕がわざわざ冒険者をしている目的の一つが、魔物を駆逐することだからね」

「相手が無抵抗でも関係ないのですね」

「ないよ。先にこいつら魔物が僕の家族を殺したんだ。仇《かたき》に容赦してあげるほど僕は優しくないよ」

レオナールには唯一の家族であった聡明で美しい姉がいた。彼はそんな姉のことを尊敬していたし、敬愛もしていた。しかし彼女はもうこの世にいない。誰かに殺されてしまったのだ。彼はその仇が魔族だと信じていた。

「レオナール。あなたも魔族の血を引いているのでしょう。それなのに――」

「僕は確かに魔人と人間、両方の血を引いている。けれど僕は人間なんだ。決して魔人なんかじゃないよ。そんなことより――」

ゴブリンが息絶えると、光を放ち、肉体が分解される。硬貨が地面にばらまかれた。

「銅貨十枚か。随分と弱いゴブリンだったんだね」

この世界ではダンジョンで生成される硬貨が通貨として流通している。そうなった主な理由は、硬貨の利便性の高さによるものだ。

硬貨を溶かして加工すれば装飾品にすることができるし、魔力伝導率が高いため、加工することで強力な武具とすることもできる。そして何より特筆すべき理由は、硬貨を体に取り込むことで、ジョブクラスをレベルアップできることにある。

例えば剣士のジョブクラスはレベルが低いと剣の重さに振り回されてしまうが、レベルを上げれば、本人の努力も必要だが、鉄すら真っ二つにするほどの剣技を習得することも可能だ。

つまり強くなるためには金が必要なのだ。金が強さに結び付く。それがこの世界最大の特徴だった。

「おい、レオナール。最弱のゴブリンを倒した気分はどうだ？」

「ジル……」

「戦闘においては使えない職業の代名詞。最弱職業の商人様には手ごろな相手かもな」

金髪青眼の男、ジルが嘲笑を浮かべる。聖騎士の彼は内心で商人のレオナールを馬鹿にしており、ゴブリンしか相手にできない格下だと侮っていた。

「だが商人のジョブスキルは役に立つ。なんたって魔物を倒したときに得られる報酬が倍になるんだからな」

商人はジョブスキルこそ戦闘で役に立つモノがほとんどなく最弱扱いされていたが、それでも長所と呼ぶべき特徴がある。それは報酬倍化であった。

この報酬倍化があるからこそ、ジルは最弱だと侮っているレオナールをパーティの一員としているのだ。

「報酬倍化のスキルがなければ、あなたなんてすぐにパーティから追放していますわ」

「マリアンヌ……」

「気安く名前を呼ばないで頂戴。醜い顔のあなたに名前を呼ばれると、私まで汚れてしまいますわ」

マリアンヌは雪のように白い髪と、翡翠色の瞳が特徴的な女性だった。聖女のジョブクラスを保持しており、国王の娘でもある。そんな彼女がレオナールを嫌う最大の要因が彼の外見にあった。

レオナールは黒髪黒目の男で子供のように小さな体躯をしていた。男らしさを微塵も感じさせない外見だが、マリアンヌが彼を忌避しているのは体格ではなく、顔に理由があった。彼の顔は幼いころに火災に巻き込まれたせいで、そのほとんどを火傷で失っていた。元の顔の面影すら残っていない、人体模型のように筋肉繊維丸出しの顔は、視線を逸らしたくなるほどに醜い。また喉も焼かれており、地の底から響くような不気味な声音になっていた。

「マリアンヌ、あんまりレオナールに酷いことを言わないで」

「リリス、あなた……化け物同士、馴れ合いがお好きなのね」

レオナールを庇った女性は名前をリリスと云い、彼の幼馴染であった。魔法使いのジョブクラスについており、主にパーティのサポート役である。白磁のような白い肌と、絹のような金髪ははっと目を引くほどに美しい。しかし彼女の顔はレオナールと同じようにその美貌の大半を火傷で焼失していた。

「でもあなたたち、お似合いですわよ。化け物同士、醜い――」

「マリアンヌ、止めろ」

「ジル。どうして止めますの」

「商人のレオナールはともかく、リリスは使える女だ。俺たちの大事な仲間なんだよ」

ジルはリリスを高く評価していた。故に自らの利益のため、マリアンヌを注意する。そこにレオナールも続く。

「マリアンヌ。リリスを馬鹿にすることは僕も許さないよ」

「レオナール、化け物の分際で……」

「化け物ね。確かに僕は化け物だ。けれど君はリリスを馬鹿にできないよ。もしあの火災事件がなければ、リリスはマリアンヌより美人に育っていたはずだからね」

あの火災事件とはレオナールにとって不幸の始まりであり、彼の人生を大きく変動させた出来事である。

十年前、レオナールはケルタ村という魔族と人間族が共存する村で暮らしていた。互いの繁栄を願い、二つの種族は手を取り合い、助け合って生きていた。

だがそんな平和な生活はある日突然崩れ去ることになる。何者かが村を襲ったのだ。家々が火に焼かれ、死傷者は多数。レオナールとリリスもその火災に巻き込まれてしまった。

二人は顔を焼かれ、喉を潰されたが、どうにか生き延びることができた。これはレオナールの姉が命を賭して二人を守り抜いたことによる結果だった。

家族を失い、醜い顔だと馬鹿にされながらも、二人は肩を寄せ合って生きてきた。レオナールは自分が馬鹿にされることに対しては無関心だったが、リリスの美しい顔が焼けてしまったことだけが残念で仕方ないと感じていた。

「あの事件の犯人を殺してやりたいよ」

事件から時が過ぎ去り、年を重ねたレオナールは、聖騎士団が調査した報告資料を目にした。そこには事件の首謀者は魔族であり、村を襲撃したと記されていた。さらに友好関係を築いていたのは、人間をだまし討ちするためだとも続いていた。

レオナールは事件があった夜を思い出す。襲撃者たちから逃げるために、友人だったゴブリンが彼を家の中へと逃がしてくれたことを。その後すぐに家が焼かれたことを。疑念は確信へと変わり、彼の記憶に刻まれたゴブリンの顔が次第に友人から醜悪な化け物へと変わっていった。必ず魔物を駆逐してやる。彼は記憶に刻まれた悪夢を振り払うように、魔物を狩り続けた。

◆

レオナールたちはダンジョンを探索し、最下層へとたどり着いた。荘厳な扉で守られた場所は、ダンジョンマスターが住む部屋だと、彼らに確信させた。

「皆、気を付けた方がいいよ。ここのダンジョン、罠の数は多かったし、出てくる敵も強い魔物が多かった。ダンジョンマスターの魔人は高レベルに違いないよ」

「レオナールの言う通りですね。もしかすると魔王軍の幹部クラスがいるかもしれません」

「魔王軍ねぇ。本当にそんな奴が存在するとは思えねぇけどな」

「ジルの言う通りですわ。魔王軍は滅びた。これは人類の共通認識ですわ」

ダンジョンにはそれぞれ独立したダンジョンマスターの魔人がおり、ダンジョンごとの結びつきは弱い。しかしかつて魔王軍が存在した時は違った。ダンジョン同士が連携を取り、物資や戦力の共有を行うことで、ダンジョン全体の力が底上げされていた。

「確か魔王が亡くなって、魔王軍も自然消滅したんだよね。でも当時の幹部たちはまだ生きていると聞くから、もしかするとこの扉の向こうに――」

パーティメンバーたちはゴクリと息を呑む。緊張で体が硬くなっていた。

「レ、レオナール、お前扉を開けろよ」

「なぜ僕が……」

「もし扉を開けたと同時に罠が発動した場合、怪我をして最もパーティの損害が小さいのはレオナール、お前だ」

「ま、待って、レオナールが行くなら私も――」

「リリス。気持ちだけで十分だ。僕が扉を開けるよ」

レオナールはリリスを危険に晒せないと、扉をゆっくりと開く。開くと同時にダンジョンマスターの魔人が目を開いた。

魔人は頭に角を生やし、身長が五メートルを超える巨人だ。両腕に肉切り包丁を持ち、レオナールを見下ろしている。

「私はオーク族の魔人、オークリアだ。闖入者《ちんにゅうしゃ》よ。よくも我がダンジョンを汚してくれたな」

オークリアは部屋に入ってきたレオナールを排除しようと無遠慮に近づく。どっしりとした足音が部屋の中に反響した。

「レオナール、こいつがダンジョンマスターだな！」

他のメンバーも部屋の中へと入ると、オークリアを見上げる。

「こいつは強そうだ。正攻法で行くのは難しいかもな」

「まずはあいつの動きを止めましょう。私がダンジョンコアを狙います」

武闘家のリザがオークリアの背後に置かれた紫色の水晶、ダンジョンコアを壊すために駆ける。ダンジョンコアはダンジョンを支えるための柱であり、壊されるとダンジョンが消滅してしまう。そのためダンジョンマスターは何を置いてもダンジョンコアを守ろうと動く。

「このオーク、動きは遅いです。私のスピードなら――」

リザの高速の動きに合わせるようにオークリアは顔を動かす。狙いを定めるように息を吸い込むと口から火を吐いた。リザとダンジョンコアを遮るように炎の壁ができあがる。これでは近づくことができないと、彼女が諦めかけたその時である。

「リザ。そのまま突き進んでくださいまし」

「え、でもこの炎では――」

「私の治癒魔法で治しますわ。ですから――」

「無理です。この炎、きっと火傷では済みません。治癒魔法で完治できない傷を負います。もしレオナールやリリスのような姿になったら……」

リザの言葉は正論だった。故にマリアンヌは言葉を続けられない。

「リザの頑張りは無駄にしない。俺があいつを倒す。リリス、俺に身体能力強化の魔法だっ」

「は、はい」

魔法使いのリリスが、身体能力を強化する魔法をジルにかける。肉体が輝き、彼の肉体強度が増していく。

「やってやる。俺が魔人を討伐してやる」

ジルが剣を抜いてオークリアへと駆けると、勢いのまま、切りつける。だがジルの刃がオークリアの肌を切り裂くことはなかった。

「こいつ固いぞ！」

「実力差を理解できない愚か者どもめ。死んで後悔するがいい」

オークリアがゆっくりと手を振り上げる。振り下ろされれば死が待っているとジルは直観した。

「リリス、もう一度俺に強化魔法を使え。このままだと俺は――」

「は、はい」

リリスは再び強化魔法を発動させる。その様子を傍で見つめていたレオナールは小さくため息を漏らす。

(ジルは嫌な奴だがパーティの仲間だ。助けてやるとしますか)

レオナールはリリスの身体能力強化の魔法に合わせて、同じ魔法を発動する。一般論として商人のジョブクラスでは身体能力強化のような戦闘用魔法を習得することができないと云われていた。しかしレオナールも理由は分かっていないが、彼は商人でありながら高度な魔法を発動することができた。しかも魔法の専門家である魔法使い以上の威力を発揮する、オマケ付きである。

レオナールがジルに身体能力強化の魔法を使用したことで、彼の身体が強く輝く。万能感が溢れ、彼の顔から絶望は消え去った

「これだよ、これ！　やっぱりリリスの身体強化魔法は最高だ！」

ジルは身体能力強化の魔法を使用したのがリリスだと思い込んでいた。そしてそれはジル以外のメンバーも同じで、当事者であるリリスでさえ自分の魔法だと信じていた。これも仕方のないことで、商人であるレオナールが身体能力強化の魔法を使えるという発想がそもそも浮かばないのだ。

レオナールは魔法使い以上の魔法を使えるという実力を隠す行為に必要性を感じていた。実力が露呈すれば利用しようとする者が近づいてくるし、何より身体能力強化の魔法を使っているのがレオナールだと知られれば、商人以下の魔法しか使えないリリスは居場所をなくしてしまう。レオナールにとってリリスは自分以上に大切な存在で、彼女の名声が上がることは自分のこと以上に嬉しいことだった。

「俺たちの力を味わえ！」

ジルは剣を振るう。先ほどは皮膚に傷一つすら付けられなかった剣戟《けんげき》は、身体能力強化の魔法により変貌する。まるでバターをナイフで切るように、オークリアの腕を切り落とした。

「こ、この力があれば！」

ジルはオークリアを切り刻んでいく。四肢を失い、全身を傷だらけにして、地に伏せる。

「俺たちの勝利だ！　おい、レオナール。こいつはもう虫の息だ。トドメは報酬を倍にできるお前が刺すんだ」

「分かったよ」

レオナールはオークリアの顔を殴る。それがトドメの一撃になったのか、オークリアは光に包まれて硬貨へと変わる。

「すごいっ！　白金貨五〇枚だ！」

白金貨一枚は成人男性の年収に相当する価値がある。それが五〇枚だ。金貨を見下ろしながら、パーティメンバーたちは頬を緩めた。

「ドロップアイテムもありますよ」

リリスが白金貨の隣に転がる小瓶を指差す。その小瓶にレオナールは見覚えがあった。

「これ、ハイエルフの秘薬だよ」

「ハイエルフの秘薬？」

レオナール以外の者たちは首を傾げる。聞いたことがない薬の名前に、疑問符が頭上に浮かんでいた。

「回復魔法で治せないような外傷を治せる薬なんだ。市場にも出てこなくて、ずっと探していたんだ。ようやく見つけることができた」

「おい、レオナール。こいつはそんなに価値あるものなのか」

「白金貨五枚で取引されるほどに高価だし、希少性もかなり高いよ」

「ならこれは俺のものだな」

ジルはレオナールから奪い取るように小瓶を掴む。彼は不満そうな表情を浮かべる。

「レオナール、約束を忘れたのか。ドロップアイテムの取得優先権は俺にあると」

「それはそうだけど……」

「だからこれは俺のものだ」

「ぐっ……」

レオナールは納得するわけにはいかなかった。彼は覚悟を決めると、膝と額を地面につけて、土下座した。

「ジル、その薬を僕に売ってくれないか」

「ほぉ〜でもこれは貴重なんだよなぁ」

「うん。だから絶対に手に入れたい。火傷を治したいんだ」

回復魔法で治せなかった火傷を治すために必死なのだと、心情を打ち明けると、ジルは嘲笑を浮かべた。

「そうだよなぁ〜その醜い顔を治したいよなぁ」

「な、なら！」

「俺は優しいからな。白金貨十枚で譲ってやるよ」

相場の倍の金額をジルは提示するが、レオナールは何の迷いも見せず、その金額に同意する。

「ほ、本当にいいのか？　倍の値段だぞ。今回の冒険がタダ働きになるんだぞ」

「いいさ」

「なら契約は完了だ。レオナールの白金貨十枚は俺のものだ」

レオナールは白金貨十枚と引き換えにハイエルフの秘薬を受け取ると、リリスの元へ駆け寄る。

「レオナール。おめでとう。これで火傷治せるね」

「ううん。僕はこれを飲まないよ」

「え？」

「リリス、君に飲んでほしいんだ」

レオナールは小瓶をリリスに手渡す。白金貨十枚という金額が本来の重さ以上に重量を感じさせた。

「で、でも、これはレオナールが……」

「リリスが幸せなら僕も幸せだから。それにリリスの綺麗な顔、また見てみたいんだ」

「でもやっぱり――」

「リリスが薬を飲まないなら、僕も薬を飲むつもりはない。破棄するのも勿体ないし、遠慮せずに飲んでよ」

「う、うん……」

リリスが小瓶の蓋を外してハイエルフの秘薬を口に入れる。瓶の中身が空に近づいていくに連れて、彼女の顔の火傷が消えていった。

傷が完全に消え去り、焼け爛れた肌がきめ細かな肌へと変貌を遂げる。筋の通った鼻に、色素の薄い唇、金色の髪と青い瞳が交わり、美の象徴とでも云うべき美しさを放つようになる。

「うぅっ……リリスが……リリスが……」

レオナールは気づくと泣きだしていた。焼け爛れた瞳から涙を流し、頬を伝わせる。

「レオナール、私の傷は治ったの？」

「うん。治っているよ。すっごく綺麗だよ」

リリスは自分の顔に触れながら、頬を緩める。その表情がレオナールの胸を打つ。

「僕はずっとリリスに恩返しがしたかった。子供の頃、家族を亡くした僕の傍に一緒にいてくれた君を幸せにしたかった。ようやく夢が叶ったよ」

レオナールは爛れた顔で必死に笑みを浮かべる。この時の彼は、この選択が自分を地獄へと突き落とす第一歩になるのだと、まだ気づいていなかった。

◆

ダンジョンマスターを倒し、帰還したレオナールは、ロト王国の首都エイトの郊外に建てられた家へと帰ってきていた。煉瓦造りの風情ある佇まいは、通り過ぎる者の視線を釘付けにした。

「今回の冒険も無事に戻れて良かったね」

「そうだね。それにリリスの顔を元に戻せたのは大きな収穫だよ」

レオナールとリリスは二人で一緒に暮らしていた。幼い頃から二人でいるのが当たり前だった。

「お腹空いたよね。料理でも作るよ」

レオナールは食事の準備を進める。慣れた手つきで焼いた魚を皿に乗せ、野菜を盛りつけサラダを作る。リリスは食卓に座り、彼の準備が終わるのを待っていた。

「お待たせ。食事ができたよ」

「レオナール、いつもありがとう。私に料理の腕があれば手伝えるんだけど……」

「気にしないでよ。僕がリリスに美味しいご飯を食べてもらいたくて、好きでやっていることだから」

「でもレオナールは食事だけでなく、家の掃除や洗濯まで何もかもしてくれて……商人の仕事も忙しいのに……」

「家事はリリスの綺麗な手が荒れて欲しくない僕の我儘なんだ。それに商人の仕事は部下に任せているからね。順調なものさ」

レオナールは冒険者としての顔とは別にジョブクラスである商人としての顔も持っていた。レオナール商会。首都エイトにおいて中堅クラスの商店であり、扱うものは多種多様。武具や食糧、他には薬や衣服も扱っている。その商店の長こそがレオナールであった。

「私、いつもレオナールにお世話になりっぱなしで、何か恩返しができると良いのだけど……」

「恩返しなら十分して貰っているさ。唯一の家族だった姉さんを失って途方に暮れていた僕に生きる理由を与えてくれたんだから」

姉を火災で失い、一人孤独に生きてきたレオナールの傍を幼馴染のリリスは離れようとしなかった。彼女はいつだって彼の味方であり続けた。

「でも、レオナールのお姉さんは私を助けるために……」

「いいや。姉さんは僕を助けるために死んだんだよ。リリスのせいじゃない。僕のせいなんだ」

「でも……」

「そんなことより早くご飯を食べよう。冷めてしまうからね」

「う、うん」

二人は食事に手を伸ばす。焼き魚は脂がのっており舌を喜ばせ、サラダは瑞々《みずみず》しく、シャキシャキとした触感が楽しかった。美味しい食事は人を笑顔にする。二人は談笑しながら、食事を楽しんだ。

「そうだ。レオナール。以前話をしていた腕の痣の正体は分かりましたか？」

「図書館で調べてみたんだけどね。収穫なしだ」

レオナールの腕には龍のような形の痣が浮かんでいた。変な病気の兆候なのではと心配した彼は、痣に関する情報を集めていたのだ。

「マリアンヌは聖女のジョブクラスだし、もしかしたら何か知っているかも。今度聞いておくね」

「ありがとう。僕はマリアンヌに嫌われているから、正直助かるよ」

二人はその後も楽しい食事を続ける。平穏な日常はまだレオナールの傍にいた。

◆

ダンジョンから帰還して三か月が経過した。レオナールの生活は相変わらず平穏に過ぎている……かに思えていた。

「リリス、今晩何か食べたいものとかあるかな？」

「ごめんなさい、レオナール。今日の夜は予定があるの」

「それは残念だ……最近、リリスは変わったよね。お洒落になった」

「そ、そうかな……」

顔の火傷が治る前のリリスは村娘のような素朴な恰好をしていた。しかし最近の彼女は違う。貴族の令嬢のように絹のドレスと輝く装飾品を身に着け、身綺麗にするようになっていた。

「それにどこかに出かけることが多いけど、誰かと会っているの？」

「え、ええ……ジルに誘われて……」

「ジルね……」

「最近、食事に誘ってくれることが多くて。仲間だし、友好を深めようと」

「そうだね。仲間だもんね」

レオナールは悲し気な表情を浮かべるが、リリスはそれに気づかないまま、家を後にする。彼は嫌な胸騒ぎを感じていた。

（もしかして二人は……）

レオナールは彼にとって最悪の想像を思い浮かべる。だが仮にそうだとしても彼にできることは何もない。なぜならリリスとは家族同然に育ってきたが、恋人同士ではないからだ。

（家族として心配だ。そう、これは家族として知る権利があるだけなんだ）

レオナールはリリスに見つからないようにこっそりと後を付ける。彼女はジルと会うことが楽しみなのか鼻歌まじりに町中にあるカフェを訪れた。

「こっちだ、リリス」

レストランのテラス席にジルが座っていた。彼が手を振ると、リリスは満面の笑みを浮かべて、向かいの席に座る。

「レオナールの奴には止められなかったか？」

「平気。レオナールは昔から鈍いから」

「そうか。それなら良かった。あいつに気づかれると面倒だからな」

「だね」

二人は楽しそうに談笑する。その様子を傍で眺めていたレオナールの耳に、通行人の声が入ってくる。

「見て、あの二人！」

「美男美女でお似合いね」

「本当、素敵なカップルだわ」

通行人の言う通りであった。火傷の治ったリリスはこの世の者とは思えないほどの美貌を有していた。そしてジルもまた女性なら誰でも心揺らされるような美丈夫である。もしリリスと共に談笑していたのがレオナールであれば、通行人は不釣り合いなカップルだと嘲笑していただろう。

（もう帰ろう……）

レオナールは肩を落として、来た道を戻っていく。気づくと、ポタポタと涙が頬を伝っていた。

「あれ、なんでだろう、涙が……」

レオナールは道中で足を止める。すれ違う人たちは何事かと足を止めるが、彼の焼け爛れた顔を見て、すぐにその場を後にした。

「どうかしましたか？」

そんな中、一人の女性がレオナールに声をかける。外套を頭から被っているため正面からしか見えないが、鼻筋の通った赤い瞳の少女が彼の顔を心配そうに見つめる。

「悲しいことがあったのですか？」

「いいや。悲しくはないんだ。むしろ家族が幸せになれるチャンスなんだ」

「ならあなたはなぜ泣いているのですか？」

「なぜなのだろうね。それは僕にも分からないんだ……」

外套を被った少女は慰めるようにレオナールの瞳から零れ落ちた涙をハンカチで拭う。

「元気を出してください。きっとあなたは幸せになれます。私が保証しますから」

そう言い残して、少女はレオナールの前から立ち去った。この出会いが運命だと、まだレオナールは気づいていなかった。

◆

レオナールとリリスは礼装に着替え、ロト王国の王城へと向かう。白亜の王城はその美しさを一目見るために外国から人が押し寄せるほどに魅力があり、場所も首都エイトを見下ろせる位置に建てられていた。

「レオナール、国王様からの呼び出しはいったい何だと思う？」

「僕たちが難関ダンジョンを踏破したことに対して褒美を与えてくれるとかかな」

レオナールたちのパーティは王国最強候補の一角に名を連ねるほどに強大な戦力が揃っている。

武闘家のリザはロト王国の武術大会で何度も優勝するような猛者だし、ジルは聖騎士団でも出世街道を突き進むエリート。聖女のマリアンヌは姫でありながら、回復魔法の腕は国内随一ときている。さらに魔法使いのリリスはレオナールが隠れて力を貸していたことで、国内最高の魔法使いとまで評されていた。

有力メンバーばかりが集まるパーティで、商人のレオナールはトドメの一撃を加え、報酬を倍にするためだけの存在として認知されてきたが、それでもパーティの一員である。彼も褒美が与えられると期待するのは当然であった。

「今回の呼び出しにはジルも来るの♪」

「随分と嬉しそうだね……」

「ジルはお喋りが上手いから、話をしていて楽しいもの」

「ふぅ～ん」

「来週、また一緒にご飯に行くのよ」

「二人でかい？」

「ええ、二人っきりよ♪」

リリスはジルと二人で出かけることが多くなっていた。レオナールにとっては悲しい状況だが、不満を口にすれば彼女が離れていくのではと危惧し、何も言えずにいた。

「王城の出迎えが来たよ」

リリスの視線の先には憲兵の姿があった。二人を待っていたのか、一礼すると王城の中へと案内する。

通されたのは王の間。天井にはシャンデリア、床には赤い絨毯が広がる贅を凝らした部屋だった。

「リリス、それにレオナール。遅いではありませんか」

「ごめん。少し遅れてしまった」

武闘家のリザが二人を歓迎する。続くようにマリアンヌとジルも顔を出す。

「ようやく来ましたわね、今回の主役が」

「主役？　僕が？」

「ええ。間違いなく、あなたが主役ですわ。ねぇ、ジル？」

「ああ。今日の主役はレオナールだ。楽しみにしているんだな」

「ん？　なんだか良く分からないけど、主役というのなら心待ちにしているよ」

ジルは恐悦の笑みを浮かべる。それはまるで人を地獄へ叩き落す悪魔のような表情だった。

◆

レオナールを含めたパーティメンバーが出揃ってからしばらくすると、国王が姿を現す。ロト王は――ロト王国の三代目国王であり、周辺諸国に剛腕を示す強王である。白髭を蓄えたその男は王座に腰かけると、鋭い視線をレオナールたちに向けた。

「お主らがジルの率いるパーティだな？」

「そうでございます、我が王よ」

ジルが一歩前へ出て跪《ひざまず》く。合わせるように他のメンバーも跪いた。

「はっ！」

「面を上げよ。儂がお主らを招集したのじゃ。そう、遜《へりくだ》らなくとも良い」

「ではまず今回集めた理由じゃが、お主らは冒険者の中でも特に大きな成果を上げておる。名誉と褒美を与えようと思ってのぉ」

「はっ、ありがたき幸せ！」

「まず名誉じゃがこの場の光景は魔法水晶により王国全土に放送されておる。お主らの栄誉ある姿を皆が目にするのじゃ」

「国民全員が……」

「ただ名誉だけではつまらないじゃろ。ではまずジルよ。お主にはこれを与えよう」

ロト王の命により配下の憲兵が一本の剣を運んでくる。白銀に輝く剣は、高価だと一目で分かるほどに美しかった。

「これは我が王国に代々伝わる名刀じゃ。お主に授けよう」

「あ、ありがとうございます」

「次に武闘家リザ。お主の活躍も聞いておる。グリズリーを素手で倒す猛者だそうだのぉ」

「い、いえ、そんな」

「お主は素手で戦うそうじゃからのぉ。武具は要らんじゃろ。故に金をプレゼントしよう」

憲兵が大金の入った革袋を手渡す。ずっしりとした重さを感じて、リザは頬を緩めた。

「次にリリス。お主の身体能力強化の魔法は魔物討伐に役立っていると聞いておる。お主には聖樹から切り出した魔法の杖を授けよう。この力でさらに精進するのじゃ」

「わ、私が、そんな高価なモノを……」

「遠慮せずに受け取った方が良いよ」

「う、うん」

レオナールの勧めに従い、魔法の杖を受け取る。その杖に込められた強大な力を感じ、リリスはゴクリと息を呑んだ。

「次は我が娘、マリアンヌ。お主への褒美が最も悩んだ。儂はお主を甘やかしておるから、すでに何でも買い与えておるからのぉ」

「お父様ったら」

「そんなお主が最も欲しいもの。それはジルとの幸せな家庭じゃろ」

「お父様！」

「マリアンヌ。お主とジルの交際を王の名によって認める」

「あ、ありがとうございます、お父様！」

マリアンヌとジルは視線を交差させて喜び合う。二人が恋仲だと知っていたレオナールは仲間の幸せを喜び頬を緩めた。しかしリザとリリスは祝福しているとは思えない、曖昧な笑みを浮かべていた。

「最後にレオナール。お主への褒美はない」

「え？」

「お主は最弱の商人じゃ。パーティでの活躍も最後の一撃を加えただけの役立たず。正直言って能無しだと報告を受けておる」

「え？　報告？」

レオナールの頭がパニックで真っ白になるが、ロト王は言葉を続ける。

「さらにお主は罪を犯したそうじゃのぉ」

「つ、罪？」

「儂の娘、マリアンヌと、その友人であるリザとリリスを襲ったと聞いておるぞ」

「ぼ、僕が、三人を……」

「ジルが守り抜いたおかげで未遂で済んだとは聞いておる。しかしお主の罪は大罪じゃ。諦めて白状を――」

「そ、そんな、僕は襲ってなんか」

「嘘を吐くのは止すのじゃ。この映像はロト王国全土に放送されておる。嘘に嘘を重ねた無様な姿を晒すことになるのじゃぞ」

「で、でも、僕は本当にやっていないんだ……マリアンヌ、リザ、リリス。皆からも本当のことを」

「うぅっ……」

レオナールが懇願すると、マリアンヌは突然肩を震わせて泣き始める。真に迫る鳴き声が王の間に広がる。

「マ、マリアンヌ。どうして……」

「どうしてもこうしてもありませんわ。私はいつもレオナールから言い寄られていましたの。そのたびにジルが守ってくれましたわ」

「ぼ、僕は、マリアンヌに言い寄ってなんか……」

「また嘘ですのね。やはり魔人の血を引く人間なんて信頼できませんわ。そうでしょう、皆様」

マリアンヌの言葉に反応するように憲兵たちがレオナールに「魔人は死ね」「魔人は卑怯だ」と罵倒を浴びせる。気づくとレオナールの瞳から涙が零れていた。

「ぼ、僕は今まで人類のために命がけで戦ってきたのに……ど、どうしてこんなことに……」

レオナールは家族である姉を殺したであろう魔族を恨んできた。そのため魔人と人間のハーフでありながら、人間の味方を貫いてきた。それがいまやどうだ。レオナールはやってもいない罪で悪漢扱いされようとしていた。

「リ、リザ。リザなら本当のことを……」

「私もマリアンヌと同じです。イヤらしい視線をいつも向けられていて不快な思いをしていました」

「リザ、どうしてそんなことを……」

「レオナール。私はあなたが嫌いなのです。いえ、私だけではありません。あなたのような醜男は存在そのものが女性の敵なのです」

「うぅっ……」

レオナールの涙の勢いが強くなる。彼は視線を巡らせ、縋るように最後の希望に飛びつく。

「リ、リリス、リリスなら……」

レオナールはリリスに縋る。幼馴染として生活を共にし、家族同然に育ってきたのだ。彼女ならば彼を貶めるようなことはしない。そう期待を込めた視線を送る。

「わ、私は、ずっとレオナールに付きまとわれていました」

「え……」

「レオナールは気持ち悪い顔で私に近づき、私のためだと勝手に尽くそうとしてきました。彼は気分が良かったでしょう。ですが私は毎日最低の気分で生活していました」

「リ、リリス……」

「醜い顔のストーカーに言い寄られている時、助けてくれたのがジルでした。ジルは最高の友人であり、私たちのヒーローです」

「リリス、う、嘘だよね。ぼ、僕は君のために人生すべてを犠牲にしてきた。君が喜ぶと思って料理の勉強をしたし、君が快適に過ごせるように家事を何でもこなせるようになった。お金も時間も力でさえも、すべて君だけに尽くしてきたのに。あんまりだよ」

「レオナール、あなた、気持ち悪いです」

リリスの言葉がレオナールの心を潰すトリガーとなった。彼は心理的な負荷に耐えられず、赤絨毯の上に吐瀉物をぶちまけた。

「レオナール、あなたやっぱり醜いですね」

「うぅっ……リリス、ごめんなさい。きっと僕が何か怒らせるようなことしちゃったんだよね。でないとあの優しいリリスがこんなこと言うはずないもの。ねぇ、僕は君のためなら何だってやるし、駄目なところがあるなら教えてよ」

「…………」

「黙っていないで、答えてよ、リリス。僕は君がいないと生きていけないんだ」

レオナールはリリスへと擦り寄ろうとするも、その間にジルが割り込むように立つ。

「国王陛下、罪を犯したとはいえ、私はこれ以上、かつての友を汚したくない。放送を止めて頂けないでしょうか」

「ジル。お主の意図は分かった。望み通り、放送を止めよう」

国王の命令で放送が一時的に中断される。放送を中断したことには狙いがあり、それをこの場にいるレオナール以外の者たちは誰もが理解していた。

「レオナール。お前に秘密にしていたことがあるんだ」

「僕に秘密？」

「その秘密は俺も王も憲兵もリザもマリアンヌも知っている。もちろんリリスも例外ではない」

「僕だけが知らない秘密……そんなものが……」

「その秘密とは、レオナール。お前の顔の火傷についてだよ」

「僕の顔の秘密……」

「レオナール、お前はその顔を魔物に襲われた際の火災が原因だと思い込んでいるようだが間違いだ。お前の家族を殺した火災、あれは人間によるものだ」

「え？」

「具体的にはな、聖騎士団の手によるものだ。そしてその中には俺もいたし、付け加えるなら主犯はリリスの兄だ」

「ジ、ジル、で、でも、ど、どうして、ケルタ村を襲ったんだ⁉」

「そんなの簡単さ。ケルタ村は人間と魔族の共存を掲げた最低の村だった。王国にとって、そんな村、存在自体が邪魔なのさ。なにせ王国の収益の多くはダンジョンから持ち帰った硬貨に依存しているからな」

もし魔族と人間が共存する世界になれば、冒険者はダンジョンへ潜ることができなくなるかもしれない。そうなれば国力が低下する。それを恐れた王族と聖騎士団が手を組み、村を滅ぼしたのだ。

「ちなみにレオナールの家を燃やそうと提案したのはリリスの兄だ。聖騎士団でもハーフの扱いはどうすべきか割れたんだがな。リリスの兄が無理矢理、排斥へと意見をまとめたのだ」

「嘘だ！　そんなはずあるもんか！　僕の家にはリリスもいたんだぞ」

「だからさ。リリスの兄は魔族と仲良くしている妹が許せなかったんだ。だから一緒に殺そうとした。どんな気持ちだ、レオナール。今まで尽くしてきた相手が本当は仇の妹だった気分は！」

「で、でも、僕は微かにだが覚えているんだ。ゴブリンが人間を襲うところを！」

「それこそ証拠さ。なんせそのゴブリンが戦っていた人間は聖騎士団の人間なんだからな」

「えっ……」

「ゴブリンは命がけでレオナールを守ろうとしたんだ。大切な者を守ろうとするゴブリンは敵ながら天晴れだったよ。そしてそんな命の恩人のゴブリンを探し出しては駆除するレオナールの道化っぷりはもう、笑いを堪えるのに必死だったよ」

ジルは嘲笑を浮かべる。憲兵たちも薄っすらと笑いを浮かべ、ロト王でさえ、口角を歪めていた。

「じゃあな、レオナール。お前は本当なら死刑に処すところだが、リリスから命だけは許してほしいと頼まれている。国外追放くらいで許してやるよ」

「そういうことじゃ、レオナールよ。お主は二度と王国に顔を出すことを許さぬ。国外追放じゃ」

ロト王の命により憲兵がレオナールの両腕を拘束する。絶望に打ちひしがれた彼は、その拘束を黙って受け入れる。

「最後に一つだけ言わせてほしい」

「儂に恨み事か。なんだ、言ってみろ」

「お前たちは絶対に許さない。僕を国外追放にしたことを必ず後悔させてやる!!」

「後悔か。お主にそれができるならやってみるがよい」

「やってやるさ。僕がロト王国を乗っ取り、この国の王になってやる!!」

レオナールは叫んだ。その声はできるはずがないという嘲笑と共に、王の間に反響した。

◆

憲兵たちは人通りの多い首都エイトの街道を、見世物のようにレオナールを引き連れて歩く。

「魔人の大罪人め！」

「死ね！　二度と王国に顔を見せるな！」

「俺は昔からあいつは何かやると思っていたんだ！」

街の人々から石を投げられる。レオナールの実力であれば、石礫《いしつぶて》に痛みなど感じることもないが、屈辱だけははっきりと胸に刻まれた。

（この屈辱、いつか必ず返してやる！）

レオナールは心に復讐心を募らせる。怒りで噛みしめた唇から血が滲んでいた。

「おい、こっちだ」

首都エイトを抜けた先にあるソロの森。深い霧で覆われた森の中にはダンジョンがいくつも存在し、ダンジョンから抜け出た魔物が森を徘徊しているとも云われていた。

憲兵は森の中央部にあるダンジョンへと通じる穴の前へとレオナールを連れてくる。ダンジョンには正規の入り口とは別に、こういった獲物を取り込むための落とし穴のような入り口も存在していた。レオナールはこの場に連れてこられた真意を測りかねていた。

「僕は国外追放のはずだろ。なぜこんなところに」

「国外追放ねぇ～、そんなものはリリスとかいう魔法使いを納得させるための方便さ」

「僕をどうするつもりだ……」

「魔族は魔族の住む場所へ。ダンジョンに返してやるよ」

「僕が生きて帰ってくるとは思わないのか？」

「帰れるかよ。両腕は拘束しているし、何よりお前は最弱の商人だ。万に一つも助からない。ダンジョンでゴブリンどもに食われるんだな」

憲兵たちは笑う。人を地獄へ突き落そうとする悪魔の笑みだった。

「君たちの顔は覚えたよ」

「はぁ？　だからどうした？」

「覚えたよ。僕は絶対に君たちを許さない。僕が王になれば真っ先に処刑してやるから震えて待っていろ」

レオナールの迫力ある言葉に、憲兵たちはゴクリと息を呑む。しかしすぐさま彼が王になることはありえないと、理性が妄言を否定した。

「さてサヨナラだ。君たちに突き落とされるくらいなら僕は自分で落ちるよ」

レオナールはダンジョンの穴の中へと飛び込み、浮遊感を感じた後、地面に着地する。周囲を土の壁で覆われた空間は、彼にとって馴染み深いダンジョンの風景だった。

「これで僕は王国で死人扱いされるはずだ。生きていると知られると面倒だからね」

憲兵たちの言う通り、戦闘に不向きな商人のジョブクラスしか持たない冒険者が両腕を拘束されてダンジョンから生きて帰るのは不可能だ。しかしレオナールは実力を隠していた。彼からすれば、現在の状況は危機とはほど遠い状況だった。

「それにしても弱い振りをしていて本当に良かった。おかげで両腕の拘束もただの手錠だ」

魔法による特殊加工もされていない金属など、レオナールにとって壊すことなど造作もない。

彼は両腕を開いて、手錠を壊した。

「死人に影から追い詰められる恐怖、存分に味わうがいい」

レオナールはダンジョンを進む。彼は革命を遂行するため、動き始めたのだ。

◆

レオナールが細い土壁の道を進んでいくと、小部屋へと出る。部屋の隅には藁のベッドが置かれ、中央には足の短いテーブルまである。

「誰かが住んでいるのかな」

ダンジョンの中で暮らす人間はいないことはないが珍しい。冒険者が冒険途中でそのままダンジョンに残り続けるパターンか、地上で罪を犯した人間が逃げ込むようなパターンが考えられる。そのどちらもレアケースであり、可能性として最も高いのは、魔人か魔物の住処だ。

「貧相な部屋から推察すると、ゴブリンのような低級の魔物かな」

レオナールは藁のベッドに寝転がる。彼は疲れていた。絶望と復讐心が植え付けられた一日は多大な疲労感を彼に与えた。

(眠るのはマズイよな)

レオナールはそう思いながらも押し寄せる睡魔には勝てなかった。気づくと意識を失っていた。

数分後、レオナールがパっと目を開けると、彼の眼前には一匹のゴブリンがいた。

「グギギギッ」

ゴブリンはうなり声をあげる。敵かと、レオナールは警戒心を生むが、すぐにそれが杞憂だと気づく。ゴブリンの両手にはたくさんの果物が抱えられていたのだ。

「その果物、僕のために持ってきてくれたの？」

「グギギギッ」

レオナールは声音からイエスだと判断する。赤い林檎を受け取ると、齧り付いた。甘味と酸味が口いっぱいに広がった。

「あれほど憎くて仕方なかったゴブリンに優しくしてもらうなんて思わなかったなぁ」

レオナールの目尻がじわじわと熱くなっていく。人間たちに罪人として扱われ、大好きだった幼馴染にも裏切られた。人間に絶望していた彼にとって、ほんの小さな優しさが何よりも嬉しかった。

「ごめんね。許してもらえるとは思えないけど、君の仲間を何体も殺してしまった」

「グギギギッ」

「許してくれるのかい……君は優しいんだね」

ゴブリンは嬉しそうに笑う。あれほど憎くて仕方なかった仇敵の顔が、今では可愛らしいとさえ思えていた。

「グギギギッ」

ゴブリンが突然騒ぎ始める。レオナールは何事かと立ち上がる。彼の耳にゴブリンの悲鳴がかすかに聞こえた。

「どこかで君の仲間のゴブリンが襲われている」

「グギギギッ」

「助けに行こう！」

「ギギッ」

レオナールはゴブリンを救うため駆けだした。

◆

悲鳴のする場所へ辿りついたレオナールは醜悪な光景を目にする。ゴブリンの子供を二人の男がいたぶって遊んでいたのだ。

両足と両腕を折られ、ボールのように蹴られるゴブリンの子供を見て、レオナールは怒りの表情を浮かべる。

「冒険者とはなんて醜悪な生き物なんだ……僕はこんな酷いことをしていたのか……」

「なんだ、てめぇは⁉」

二人の男がレオナールの存在に気づいて剣を抜く。二人はゴブリンの傍に立つ彼を警戒していた。

「もしかして魔人か、いや、それはねぇか。このダンジョンの魔人はエルフ族だ。ならてめぇは……」

「あ！　こいつの顔、見たことあるぜ。ジル様と同じパーティにいた商人だ」

「ははは、最弱ジョブクラスの商人かよ」

二人が商人を馬鹿にするのには理由がある。この世界の人は金を取り込むことで、自分のジョブクラスをレベルアップさせることができる。このジョブクラスがレベルアップした時に上昇する能力値は、各人のジョブクラスにより異なるのだ。

例えば戦士ならジョブクラスのレベルが上がると身体能力が、魔法使いなら魔法の威力が大幅に上昇する。つまりジョブクラスの特性をさらに引き上げることができるのだ。

なら商人はどうかというと、商売をするために必要な能力が向上する。例えば計算能力や鑑定能力などが上達するのである。これらの能力は商業活動をする上では欠かせない力だが、冒険者としては役に立ちづらい力であり、最弱の職業とまで云われていた。

「俺たち二人は剣士のジョブクラスだ。痛い目を見たくなければ降参し――」

男が言葉を言い終える前に、レオナールは動き出していた。男の顔を鷲掴みにすると、指を頭蓋骨に埋め始めた。

「な、なんだ、こ、こいつの腕力は！」

「僕は商人だけど特別でね。なぜか戦士以上の身体能力を保有しているんだよ」

「なっ！」

「さよなら。僕の糧になってよね」

レオナールが男の頭を握りつぶす。頭蓋骨が砕かれる音を響かせながら、男は絶命し、硬貨となって地面に散らばった。

ダンジョンで死亡した者はジョブクラスのレベルアップのために吸い込んできた硬貨を吐き出す。それは人間であっても例外ではない。レオナールは硬貨を広い、身体の中へと取り込んでいく。

「白金貨二枚か。僕の報酬倍化の力を抜きにしても随分と課金していたんだね。やはり魔物より人間の方が倒した時の報酬は大きいな」

「あ、あんた、本気か！　人間を殺したんだぞ！」

「そうだね。でも僕は人間に絶望してしまったんだ。だから君みたいな悪意ある冒険者を殺すことに良心の呵責は感じないよ」

　レオナールは残った一人の男の顔を同じように鷲掴みにする。ミシミシと骨が悲鳴をあげ、男の口から苦悶の声が漏れた。

「あ、あんたは、魔物の味方ってわけだな」

「それは……まだ自分の中でも結論は出ていない。ただ君の敵であることだけは確かだよ」

「なら最後に教えてやる。このダンジョンの魔人、エルフたちはもう終わりだ。俺たちの仲間が既に捕獲を開始している。仲間を守れなかった後悔を存分に――」

　男が言葉を最後まで伝えきる前に、レオナールは男の頭を潰していた。絶命し、ばら撒かれた硬貨を黙々と拾う。

「エルフか……助けるべきか、助けざるべきか」

「ギギッ、グギギギ」

「もしかしてエルフは君の主なのかい？」

「ギギッ」

　ゴブリンは首を縦に振る。魔物は魔人に仕えている。ゴブリンが恩人なら、その主人であるエルフも恩人だと、レオナールはエルフを助けに行くことに決めた。

◆

ゴブリンに案内された場所は、土色ばかりの通路とは違う、緑が生い茂る広い森だった。天井まで伸びる木々が視界の邪魔をするせいでエルフの居場所は分からない。そのためレオナールは森の中を探索することにした。

「それにしてもエルフらしい緑豊かなダンジョンだね」

ダンジョンはダンジョンマスターの権限により、さまざまな特性を持たせることができる。例えば氷のダンジョンや毒のダンジョンのように冒険者を排除するための特性を持たせたり、温泉のような娯楽施設を作ったりするダンジョンマスターもいる。

エルフ族が森の特性を付与したのは彼らが生活しやすい空間を得ると同時に、冒険者にとっての要害とするためであった。もしここに森がなく、ただ広い空間が広がっているだけであれば、このダンジョンは容易に踏破できるだろう。

「グギギギッ」

「分かっているよ。血の匂いだ」

レオナールは鼻腔に漂う血の匂いの濃さから、発生元の方角を特定する。

「こっちだ」

血の匂いの発生元に辿りつき、レオナールはゴクリと息を呑む。彼の目の前には醜悪な光景が広がっていたからだ。

両腕を拘束されたエルフが鞭で打たれていた。全身がミミズ腫れで真っ赤になりながら、苦痛の表情を浮かべている。傍にある荷馬車の中からもかすかな悲鳴が聞こえており、複数人のエルフが拉致されたことが分かる。

(もしかしてあれは……奴隷商人の冒険者！)

冒険者はそのほとんどがダンジョン内の硬貨や宝物を手に入れるために探索をしている。しかし冒険者の中には魔人や魔物を捕らえて、奴隷として売買している者がいた。

(エルフは魔人の中でも一、二を争うほどに容姿に優れている。奴隷商人たちは彼女らを捕らえるために、ダンジョンにやってきたのか)

魔人は人間のような異種族との間に子を設けることができるため、見目麗《みめうるわ》しい女性の魔人は奴隷としての需要が大きく高値で取引されていた。

特にエルフはその容貌から時には豪邸を買えるほどの価格になることもある。しかもエルフ族は王となるエルフのみが男として生まれるだけで、それ以外はすべて女性なのだ。高価な宝石を拾うような感覚で、奴隷商人たちはエルフ族を捕縛しているのである。

(僕は今まで現実から目を反らしてきた。人間が魔人を奴隷として扱っているのは知っていたはずなのに、魔人だけが悪だと妄信していた)

レオナールが奴隷を扱ったことは一度もないが、その行為を咎めたこともなかった。助けるべきだったと、彼の中で後悔が押し寄せる。

（罪滅ぼしになるか分からないけど……）

レオナールは奴隷商人たちの前に姿を現す。そして一言、彼らに告げた。

「その娘を離せ」

「誰だ、お前……ってこいつ、あの商人じゃん」

「姫様を襲った大罪人のレオナール。いや〜涙の断罪会見、すげぇ笑えたよ」

「本当、マヌケだよな。最弱の商人は身の程を弁《わきま》えながら生きろよな」

三人の奴隷商人たちが嘲笑するように笑う。だがレオナールはそんな彼らをゴミでも見るような冷たい目で見つめていた。

「本当、君たちは醜悪だ」

「なんだとっ！」

「まぁ、醜悪なのは以前の僕も同じか……ただエルフは僕の恩人の主人なのでね。その娘たちを解放してもらえないかな」

「いきなり現れた雑魚がヒーロー気取りか。痛い目を見ないと分からないようだな」

三人の内、一人の男がナイフを両手に持って構える。

「俺は盗賊のジョブクラス持ちだ。故にスピードだけなら誰にも負けねぇ。商人のお前では、俺の動きを目で追うことすらできねぇ！」

そう口にして、男は目にも止まらないような素早い動きで、レオナールに襲いかかる。しかし彼のナイフがレオナールを捉えることはなかった。レオナールが高速で動き回る男の頭をガッシリとキャッチして、顔を潰したのだ。頭を潰された盗賊の男は硬貨になって地面に散らばった。

「まず一人だね」

「馬鹿な。商人が盗賊のスピードに付いてこられるはずが……」

「スピードねぇ、止まって見えたよ」

「ぐっ、ならパワーはどうだ！」

「パワーね……それなら負けちゃうかも」

「そうだろう。なぜなら俺のジョブクラスは武道家だ。素手の戦闘を得意とし、腕力はあらゆるジョブクラスの中でもトップクラスの力を発揮する」

武道家の男がレオナールを倒そうと両腕を伸ばした。合わせるように、レオナールもまた両腕を伸ばして、手をガッシリと掴みあう。

「先ほどの話を聞いていなかったようだな。武道家相手に掴みあいを挑むとは愚かなり。俺の腕力の前に散れ」

武道家の男は精一杯の力を籠めるが、レオナールはビクともしなかった。

「なぜだ！　なぜ動かない！」

「今度は僕の方から行くよ」

レオナールが手の平に力を籠めると、武道家の男はその圧力に膝を崩して倒れこむ。どちらの膂力が優れているか明白だった。

「腕力でも僕の方が上だったようだね」

「あ、ありえない。俺が商人に敗れるはずが……」

「でも悲しいけどこれが現実なんだよ。それに君は忘れているよ。僕は商人だ。商人のスキルを知らない訳でもないだろう」

「マネードレインか」

マネードレインとはその名の通り、触れている相手から硬貨を奪い取る技である。触れている時間とクラスレベルに応じて奪える金額が変わるスキルで、商人と盗賊だけが習得できるユニークスキルであった。

「はっ、マネードレインは少額の硬貨を奪うだけの役立たずスキルだ。俺からすべての硬貨を奪い取るのにどれだけの時間が掛かると思っている」

「試してみるかい」

レオナールはマネードレインを発動させる。すると武道家の男の肉体がミイラのように萎んでいき、最後には身体が消滅した。

一人残った杖を持つ男は仲間が消滅する光景を目にして、恐怖を飲み込むようにゴクリと息を呑んだ。

「なにをしたんだ……」

「だからマネードレインだよ。この人が貯めこんでいた白金貨三枚は僕が頂いた。知っているだろ。ダンジョンで硬貨が尽きた人間がどうなるか」

生物の生命力は肉体に宿る硬貨の力で生み出されている。そのため体内から硬貨が尽きると、生命を維持できなくなり、死に至る。男はレオナールに対し、警戒の色を露わにする。

「お前、本当に商人なのか？」

「商人さ。マネードレインも使ってみせただろ」

「……なら商人ならば絶対に超えられないモノがある」

「超えられないモノ？」

「私は魔法使いだ。商人のジョブクラスではどれほどの大金を投じても魔法の腕はさほど上達しない。生活魔法をそつなく使える程度だろう。だからこれは防げまい」

魔法使いの男は雷の弾丸を空中に生み出す。拳ほどの大きさの雷を見て、レオナールは失笑を漏らす。

「失礼。魔法使いにしては低レベルな魔法なのでね」

「な、なんだと」

「本物の魔法を見せてやる」

レオナールは魔法使いの男と同じように雷の弾丸を生み出す。ただサイズが違った。魔法使いの男は拳ほどのサイズしかないのに比べ、レオナールが生み出した雷の弾丸は、人を丸ごと呑み込めるような大きさだった。

「こ、こんな魔法、最強の魔法使いでも不可能だ……最弱の商人だと聞いていたのに……」

「残念だったね。本当の実力を隠していたのさ。お詫びと云ってはなんだけど、苦痛なく殺してあげるよ」

レオナールは電撃の弾丸を魔法使いの男に向けて放つ。男の死体は黒焦げになり、最後には硬貨になって散らばった。彼はその硬貨を黙々と拾い上げ、無表情で吸い込んだ。

◆

レオナールは奴隷商人たちを倒すと、彼らの遺品から奴隷を捕らえた鍵を拾い上げる。その鍵を使い、鞭で打たれていたエルフの手錠や、荷馬車の錠を開けていく。

捕らえられていた最後のエルフが荷馬車から下りてくる。ピンと伸びた耳に、赤い瞳と白磁のような白い肌、そして透き通るような銀髪は、息を呑むほどに美しかった。

「旦那様！　我らを助けに来てくれたのですね！」

エルフが感涙の声をあげて、レオナールに抱き着く。レオナールの鼻腔に花のような香りが広がった。

「だ、誰だい、君は？」

「私です。あなたの幼馴染のユキリスです！」

「幼馴染……」

「もしかして私のことを覚えていらっしゃらないのですか？」

「じ、実は……」

「やはりそうですか。以前街でお会いした時の反応から予感はしていましたが……」

「あ、そうか、あの時の……」

レオナールは外套を被った美女に慰められたことを思い出した。

「あの時は顔を隠していましたから分からないのも無理はないと思いましたが、まさか名前を伝えても思い出していただけないとは……少しショックです」

「それは申し訳ないことをしたね」

「いえいえ、なにぶん十年以上前の話ですから、ショックではありますが、納得はしております」

「十年以上前か。実は生まれ故郷が襲われる事件があってね。それ以来、十年より前の記憶が曖昧なんだ。何か僕について知っていることがあるなら教えて欲しい」

「……ええ。ではお伝えしましょう。あなたがいったい何者なのかを」

ユキリスは一呼吸分、間を置くと、意を決したように話し始めた。

「旦那様。あなたは私の婚約者なのです！」

「え、ええっ！」

「驚かれるのも無理はありません。しかし事実なのです」

「で、でも、突然そんなことを言われても信じられないよ」

「ですので経緯を説明させていただきます。私たちエルフ族は半世紀に一人しか男性が生まれません。しかし唯一の男性であった私の父は亡くなってしまいました。このままでは種族の存亡に関わる。その危機を救ってくれたのが、旦那様のお父様なのです」

「僕の父親……」

レオナールは両親に関する記憶が残っていなかった。それは顔どころか名前すら記憶になく、姉に聞いても両親については何も知らない様子であった。

「旦那様のお父様は私の父と親友でした。故に親を亡くした私を娘同然に育ててくれ、婚約者の立場まで私に与えてくれたのです。これによりエルフ族は旦那様という魔王の血を引く優秀な男性と結ばれることで、種の絶滅を防ぎ、さらなる繁栄への希望まで手に入れることができたのです。家族を亡くして絶望していた私に生きる希望が宿った瞬間でした」

「…………」

「それから旦那様と私はケルタ村で共に過ごしました……リリスも一緒でしたが、三人で悪戯をしては大人たちに叱られたものです」

「リリス……」

「でも私たちの絆を引き裂くような事件が起きました。聖騎士団によるケルタ村の襲撃です。私は配下のエルフたちに連れられ、難を逃れることができました。しかし旦那様は……」

「顔のことなら気にしなくていいよ。命は無事だったんだからね」

「ありがとうございます。私も人づてに旦那様が無事だとは聞いていました。私は何度も旦那様に会いに行こうとしましたが、私にはエルフを束ねる長としての責務があります。仲間を置いて婚約者に会いに行きたいとは言えず、ずっと会えずじまいで……街でお会いしたのも偶然だったんですよ。街で再会した時、旦那様は泣かれていましたが、本当は私も泣くのを我慢していたんですから」

ユキリスは目尻に浮かんだ涙を拭う。レオナールに会えたことを心の底から喜んでいることが伝わってきた。

「一つ教えて欲しい。僕の父親はどこにいるんだ？　もし家族がいるのなら会ってみたいんだ」

「残念ながらあなたのお父様はもうこの世におりません」

「……覚悟していたけど、それは残念だ……どんな人だったんだい？」

「強くて優しい人でした。魔物や魔人から慕われる魔王様の中の魔王様でした」

「ま、魔王。僕の父親が魔王！」

「そうです、旦那様。あなたは魔王の血を引く唯一の生き残りなのです。どうぞ、我らを導きください、魔の王よ」

◆

「少し整理させてもらうと、僕の父親は魔王なんだよね。で、僕は魔王の血を引いていると」

「はい。間違いありません」

「なら先代の魔王である魔王ベルゼが僕の父親ということになるけど」

「その通りです」

「そんな馬鹿な……」

魔王ベルゼは魔人と魔物を一つにまとめあげ、支配下に置いた伝説の人物だ。魔人だけでなく、人間でも知らぬ者はいないほどの大物の名前に、現実感が追い付かなくなっていた。

「でもそうだとしたら矛盾があるよ」

「矛盾ですか？」

「そう。魔王のジョブクラスは子供に遺伝すると聞いたことがある。僕のジョブクラスは商人だ。魔王ではない」

「いいえ、旦那様は魔王のジョブクラスを引き継いでいますよ」

「で、でもジョブクラスは一人一つのはずだ。僕は商人なのだから魔王のジョブクラスは保持できない」

「それは旦那様が人間と魔人のハーフだからですよ。あなたは商人と魔王、二つのジョブクラスを保有しているのです」

「二つのクラスを……」

「商人とは思えない力を発揮したりしたことはありませんか？　また商人のジョブスキルが強化されていたりしませんか？」

「それは……」

レオナールには心当たりがあった。とても最弱の商人とは思えない力の正体が判明した気がしていた。

「魔王の特性は様々ですが、特筆すべきは強化の力にあります」

「強化の力？　なんだかたいしたことなさそうに聞こえるけど」

「とんでもない！　スキルも魔法も身体能力も、あなたが望むのならありとあらゆるモノを強化できるのです。上昇幅は魔王のクラスレベルに応じて異なりますが、旦那様のお父様は下級魔法で山を吹き飛ばすほどの威力を生み出していました」

「山か……魔王ベルゼも案外たいしたことなかったんだね」

「え？」

「いいや。なんでもない。でも僕の職業について分かってよかったよ。これで強さの秘密が理解できた」

レオナールの身体能力に魔法の威力、そしてジョブスキルであるマネードレインの力。人を超えた力を発揮していたのも、魔王の力により強化されていたのだとしたら納得できた。

（商人の力で金を増やし、その金で魔王のジョブクラスをレベルアップさせる。まるでチートじゃないか）

いまならどんな敵でも倒せる自信が満ち溢れていた。と同時に、もう一つの疑問が浮かんだ。

「僕の母親はどんな人だったんだ？」

「それは……美しく聡明なお方でした。人間でありながら魔人や魔族からも愛されていました」

「素敵な人だったんだね。商人だったの？」

「いいえ。ジョブクラスは聖女だったはずです」

「聖女か……え？　聖女？　王族にしか発現しないジョブクラスのはずだけど」

「ええ。旦那様のお母様は王族の方でしたから」

「そんな馬鹿な話が……」

「旦那様の身体のどこかに龍の痣がありませんか？　それが王族の血を引く証拠です」

「あるね。けど僕は――」

「旦那様！　話はここまでです。誰か近づいてきます」

ユキリスは話を中断し、人の気配がする方向に視線を送る。複数の人影が通路から姿を現す。

「おいおい、どうなってやがる！　俺たちの仲間をどこにやった！」

屈強そうな髭面の男が近寄ってくる。背後には配下の男が百人近くいる。レオナールは理解した自分の力を試せそうだと、恐悦の笑みを浮かべた。

◆

「質問に答えろ。俺たちの仲間をどうした？」

「三人とも僕が殺した」

レオナールが一歩前へ出る。皆の視線が彼に集まった。

「おい、こいつ、あの雑魚商人だぜ」

「お、本当だよ。あのみじめな商人がこんなところで何やってやがる」

「あいつらが商人なんかにやられるわけがねぇからな。後ろのエルフ共にやられたってことか」

ボスと思わしき髭面の男の背後に並ぶ部下たちが嘲笑の笑みを浮かべる。ただ一人だけ髭面の男だけは神妙な表情を崩そうとしなかった。

「エルフ共。動くんじゃねぇぞ」

配下の男がエルフの少女の髪を掴んで前へ出る。破られてボロボロになった服と、頬に伝った涙の跡から、彼女に何が起きたのかは明白だった。

「俺たちの手元には玩具のエルフ奴隷がいる。こいつを殺されたくなければ、おとなしく投降するんだ」

「…………」

「ほら、てめぇからも命乞いをしろ！　ほら！」

配下の男が奴隷のエルフの髪を引っ張り上げ、頬に平手を打つ。打たれるたびに苦痛の声が漏れ出ていた。

「だ、誰か、私を、私を、殺してください。も、もう、生きていだくないっ」

死を望む奴隷エルフの声は、レオナールの心を打った。彼は一歩、また一歩、近づいていく。

「おいおい、雑魚商人。話を聞いていなかったのか。近寄るとこいつを殺すぞ」

「君たちに良心の呵責はないのかい？」

「あるさ。ただ魔人は人間じゃない。悪を滅ぼす俺たちは善人さ」

「そうか……」

レオナールは魔王のジョブクラスを意識して発動させる。肉体の強化に力を注ぎこむと、無意識に使用していた時とは比べ物にならない力が、彼の中に満ち満ちていた。

「おい、てめぇら！　気をつけろ！　こいつただの商人じゃねぇぞ！」

髭面の男は一人レオナールの脅威を感じ取った。しかし彼の忠告むなしく、部下たちは油断を解いていない。奴隷エルフの髪をひっぱりあげる男も同様であった。

レオナールは男に近づくと、彼の頭をガッシリと掴んだ。神速の動きは目で追うことすらできずに、男は苦痛でエルフを手から離す。

「いでぇっ、いでぇぇぇっ」

「エルフたちはもっと苦しんだよ」

「そ、それがどうした、俺たちは人間様だぞ！」

「そうか。それが君の答えなんだね」

レオナールはマネードレインを発動し、男の肉体に宿る金を吸い上げる。ミイラのような姿に変わった後、金を失い、肉体は消滅した。

「な、なんだこいつ、いったい何をしやがった！」

「次は誰かな？　誰から死にたいっ」

「商人ごときが調子に乗るな」

奴隷商人の男たちが一斉にレオナールに襲い掛かる。剣で槍で拳で、何度も攻撃を繰り返すが、彼の身体には傷一つすら付いていなかった。

「な、なんだこいつの身体。鋼でできているのかっ」

「レベルの差は絶望的だね。なら全員死のうか」

レオナールは姿を消す。次の瞬間、髭面の男だけを残し、他の男たちはすべて息絶えて硬貨となって散らばった。

「ば、化け物が！」

最後に残った髭面の男が剣を抜く。白銀に輝く剣とは裏腹に、男の顔は恐怖で曇っていた。

「お、俺は聖騎士団の騎士だった男だ。商人ごときに敗れるものか」

髭面の男はクラススキルを発動させる。それは威圧というスキルで、他者に恐怖を与え、身体の自由を奪うというものだった。しかしその効果はレオナールに現れない。その瞬間、彼の表情に絶望が浮かんだ。

「威圧のスキルは自分より弱い者にしか通じない。つまり威圧が効かない僕は君より強い」

「ひぃ！」

「逃げても無駄だよ。君は絶望の中で死ぬんだ」

レオナールは髭面の男の首を掴む。彼はクラススキルのマネードレインの発動をイメージする。

（マネードレインは金を奪うという力。ここに魔王のジョブスキルである強化の力を適用した時、単純に威力を上げるだけでなく、特性を強化することもできるはず。それなら……）

レオナールが考えたのは、金を奪う力の拡大解釈。つまり金で構成されているジョブスキルそのものを奪えないかというものだ。

（肉体からジョブスキルを引っぺがすイメージで）

レオナールは髭面の男から聖騎士の剣術と威圧のジョブスキルを奪い取る。彼は自身に新たな力が宿ったのを感じた。

「成功したか試してみようかな」

レオナールは髭面の男から剣を奪い取り、首から手を離す。苦痛から解放された男は、ゲホゲホと咳を繰り返していた。

「生き残るチャンスをあげよう。君はもう一本剣を持っているだろ。それで僕と剣術で争うんだ。もしかすり傷一つでも付けられれば生きて返してあげよう」

「ほ、本当か？　嘘じゃないだろうな！」

「嘘を吐く必要があるかい？」

「へへっ、後悔するなよ」

髭面の男は単純な戦闘ではレオナールに勝てないと認めていた。しかし剣術ならば負けないと自信を持っていた。男は剣を抜き、構えようとする。しかし彼は剣を持ち上げることができず、手を離してしまった。

「ど、どういうことだ、なぜ剣が持てない」

「なぜだろうね」

「お、俺は、聖騎士のジョブクラスだ。剣を扱えないはずがないんだ」

「剣術に自信があるみたいだね。もしかしてこんな剣術を使えたのかい」

レオナールは髭面の男の前で剣を振るってみせる。舞うような華麗な動きは、男が思い描く自分の動きそのものであった。

「それは俺の剣術……」

「いままで多大な努力ご苦労様。剣術のジョブスキルは僕が活用させてもらうよ」

「き、貴様あああっ」

レオナールは髭面の男の首を跳ねる。男はあっけなく敗れ、硬貨となって散ったのだった。

◆

レオナールはユキリスに連れられて、エルフの村を訪れた。吹けば吹き飛びそうな木組みの建物だが、自然の中に溶け込んだ家々にみすぼらしさはなかった。

「旦那様、こちらが我らエルフ族の暮らす村です」

「村はこれ以外にもあるの？」

「いいえ、こちらだけです」

「そうか。随分と少ないんだね」

建物の数は多く見積もっても百より少ない。つまりエルフの人口もさほど多くないことが見て取れた。

「私たちエルフは人間たちにとっては高く売れる愛玩動物なのです。冒険者たちは幸せに暮らす我らが家族を無理矢理捕まえ、奴隷として売る悪魔です」

「…………」

「奴隷として売られた者は皆、きっと今でも死ぬような辛い思いをしていることでしょう。これもすべてダンジョンマスターだった私の責任です。私が無力だったために、仲間を守ることができませんでした」

ユキリスはポロポロと涙を零す。仲間たちを突然拉致されていく彼女の気持ちが、痛いほどにレオナールへと伝わった。

「ごめん、ユキリス。きっと今までの僕もあいつらと同類だった。深く考えずに、ただ感情のままに魔物を殺していた」

「旦那様……」

「罪滅ぼしになるか分からないけど、僕が君たちエルフを守るよ。必ず、守ってみせる」

「旦那様にそこまで仰っていただけるなら対価を差し上げねばなりませんね」

ユキリスがレオナールに抱き着くと、傍にある一際大きな建物へと連れ込む。そのまま寝室へ案内すると、彼女はレオナールをベッドに押し倒した。

「な、なにをするんだ！」

「旦那様、私は旦那様と結ばれるこの日をいつも夢見てきました。その願いがようやく叶いま

す」

「や、やめてくれ。離れるんだ」

レオナールはリリスを押しのける。彼女は拒絶されたことにショックを受けたのか、目尻に涙を浮かべていた。

「どうしてですか、私たちはいずれ夫婦になるのですよ」

「婚約者の話なんて父親が勝手に決めたことだ。夫婦になんてなる必要ないよ。それに僕はリリスに裏切られたことが頭から消えないんだ」

レオナールはリリスに尽くしてきたことや、最後に裏切られたことなどを包み隠さずに語る。

「僕はリリスのことを愛していた。彼女を幸せにするためなら人生すべてを捧げるつもりだった。けどね、現実は非情だよ。僕はジルと違って、聖騎士のような名誉もないし、スマートな女性を楽しませる会話もできない。背も低ければ、最弱の商人のジョブクラスだ。そして何よりこの焼け爛れた顔だよ。こんな醜男を好きになってくれるはずがなかったんだ……」

「…………」

「愛していたのに……世界の誰よりも好きだったのに……うぅ……」

レオナールはリリスのことを思い出し、肩を震わせる。彼にとって彼女は人生のすべてだった。また同じように裏切られたら、彼は二度と立ち直れないと確信していた。そんな彼の手をユキリスの白い手が優しく包み込む。

「私では駄目ですか？」

「え？」

「私こう見えても外見には自信があるんです。顔は整っている方だと思いますし、胸も大きいですから。かなりの優良物件だと思うんです。それに何より私はあなたのことを世界の誰よりも愛しています」

「で、でも、僕は顔が……」

「だからどうしたと言うのです。旦那様は旦那様ではありませんか。顔が火傷しているくらいで嫌いになるようでは愛ではありません」

「そんなことを言っても心の底では僕のことを醜い化け物だと――」

レオナールが言葉を言い終える前に、彼の唇はユキリスの唇で塞がれていた。少しの間、触れあうと彼女はゆっくりと唇を離した。

「醜いと感じている男性にこんなことしませんよ」

「どうして……僕なんかを……」

「子供の頃の私は両親を亡くしていつも一人でした。引き取られた後もしばらくの間はそうでした。当時の私は虚勢を張っていましたが、本当はずっと一人で寂しかったのです。そんな時、あなたは私に声をかけてくれました。本当に……嬉しかったのです……」

「そんな昔のことを。それに僕の顔は……」

「旦那様はまず自信を付けないといけませんね」

ユキリスは腰に付けた革袋から小瓶を取り出す。レオナールはそれについて見覚えがあった。

「ハイエルフの秘薬。なぜそれを？」

「旦那様、私はエルフの長ですよ。仲間が命の危機に晒された時のために常備しているのです」

「そんな大事なものを僕のために勿体ないよ」

「旦那様のためではありません。これは私のためです。私が旦那様に幸せになって欲しいから、この薬を飲んでもらいたいのです」

レオナールは以前同じような話をリリスに対してしたことを思い出し、フッと笑みが零れた。彼は薬を受け取ると、それを一気に飲み込む。すると彼の顔の火傷が消えて、元の顔が浮かび上がってきた。

「旦那様、可愛い♪」

ユキリスがレオナールに抱き着く。可愛いという言葉に彼は戸惑っていた。

「ぼ、僕が可愛いだって」

「手鏡です。顔を確認してください」

レオナールは自分の顔を鏡に映す。そこには天使と表現しても差し支えない美少年の顔があった。くりっとした大きな瞳に、色素の薄い唇。あどけなさを残す顔は、女性ならば誰しもが母性本能をくすぐられるだろう。

「これが僕の顔……」

「旦那様、これで自信が付きましたか」

「う、うん。これならリリスも……いや、リリスのことは忘れよう。僕はリリスに裏切られたんだから」

「旦那様……」

「ユキリス、僕は君に救われた。もう絶対に君から離れない。僕の人生すべてを賭けて君を幸せにしてみせるよ」

「はい、旦那様♪」

二人は気持ちを確認し合うように抱きしめあう。レオナールは彼女を守るためなら鬼にも悪魔にも魔王にでもなることを決意した。

◆

エルフのために戦う。そう決意したレオナールはエルフ族全員を村の中央にある広場に集める。

レオナールはユキリスと共に台座の上に立ち、弓で武装したエルフたちを見下ろす。彼女たちは奴隷にされそうになった恐怖と、鞭で打たれた痛みが原因で、表情がどんよりとしていた。

「今まで私に仕えてくれた仲間たちに、まずは感謝を。そして謝罪をさせてください」

ユキリスは壇上で頭を下げる。長である彼女の態度に、エルフたちはどよめいた。

「私では同胞たちを守れるだけの力がありませんでした。故に私はダンジョンマスターを引退します」

「で、では、誰が次のダンジョンマスターになるのですか？」

「魔王様のご子息であり、私の婚約者であるレオナール様がエルフ族の王、すなわちこのダンジョンのマスターになります。異論ある者はいますか？」

ユキリスは問いかけるが異論を述べる者は誰もいない。これはユキリスが仲間たちから信頼されており、彼女が任せられると判断したならと納得していること、そしてもう一つはより強いリーダーの必要性をエルフたちも感じていたからだ。

エルフは奴隷として捕まる危険性を常に備えている。冒険者という外敵から身を守るためには、より強大な力が必要なのだと、この場にいる誰もが知っていた。

「僕がこれから君たちのリーダーになるレオナールだ。レオとでも呼んでほしい。僕が来たからにはもう安心だ。君たちを必ず守り抜いてみせる」

「ほ、本当に、あなたは強いのですか？」

エルフの一人が声を挙げる。レオナールの戦う姿を見ていたエルフは彼が強いことを知っているが、他のエルフから見た彼は幼い少年にしか見えない。顔の火傷がなくなったことで不気味さもなくなり、本当に頼りになるのか心配になっていた。

「僕の実力はもうすぐ見せられると思うよ。なにせ奴隷商人たちが再び襲ってくるだろうからね」

「ど、奴隷商人たちが！　な、なぜ、レオ様にはそのようなことが分かるのですか？」

「冒険者の中では常識だからね。奴隷を運ぶための荷馬車は限りがあるだろ。だからチームを二つに分けるんだ」

「チームを二つに？」

「ああ。一つはさっき僕が倒したあいつらだね。捕獲組とでも表現しようかな。もう一つは捕まえた奴隷を街にある奴隷商店へと運ぶチームだ。運送組とでも呼ぶべきそいつらは、一度奴隷を売却すると、再び捕獲組が捕まえた奴隷を受け取りにくるはずだ。その時、ダンジョンの外に仲間がいないなら、きっと様子を伺いにダンジョン内に入ってくる」

「あ、あの悪魔たちがもう一度……」

「でも心配しなくていい。僕が君たちを守り抜くから。そのためにいくつか協力して欲しいことがある。まずはこのダンジョンの地図が欲しい」

「それでしたら旦那様。ダンジョンマスターの特権により、頭で思い浮かべれば、ダンジョンの構造を把握することができますよ」

「ダンジョンマスターは名前だけの地位ではないの？」

「はい。ダンジョンの拡張や魔物の生成、細かい部分だとダンジョンの明るさ調整や、気温調整など、ダンジョンマスターになれば特権により様々なことができるのです」

「試行錯誤してみたいが、まずは地図だね。このダンジョンは――」

レオナールの頭の中にダンジョン内の地図が展開される。ダンジョン階層は一階層のみしかなく、部屋もいくつかの小部屋と、エルフの森がある大部屋があるだけだ。

「ダンジョンは拡張されていないんだね」

「申し訳ございません。色々と事情があり……」

「いや、いいさ。ダンジョン運営は今後の課題だ。まずは目の前の危機の脱却が先決だ。作戦に応用できそうな地図情報は、入り口から森へ向かうまでの細い道と、中間地点にある小部屋だね」

「小部屋といっても、そこには何もありませんよ。通路より少し広い空間が広がっているくらいで」

「それで十分だよ。あとは敵を足止めする人員だね」

「エルフ族は女ばかりですが、皆、勇敢です。命を賭けて戦ってくれるはずです」

「いいや。命なんて賭けなくていいよ。これは勝ち戦だからね。気楽にやろう。エルフたちは弓を持っているし、ジョブクラスは狩人かな？」

「一部例外もいますが基本はそうですね。ジョブスキルは弓の命中精度の向上に、視力上昇、あとは自然を操るような魔法の適正も比較的高いです」

「優秀なジョブクラスだ。エルフは立派な戦力になりそうだ。魔物はゴブリンだけかな？」

「はい。大半が冒険者に殺されてしまって。残っているのは数体ほどですが……」

「作戦を展開するには十分な戦力だ。僕たちの力を冒険者たちに思い知らせてやろう」

レオナールは端正な顔を歪めて笑う。この戦いの勝利を確信している笑みだった。

◆

奴隷商人の冒険者リックは、捕まえた魔人を街へ運ぶチームのリーダーを担当していた。彼は荷馬車を引いて、エルフのダンジョン前へと辿りつく。

「リックさん。今回の仕事は良い金になりましたね」

「そうだな。まさかゴブリンしかいないような低級ダンジョンにエルフがいるなんてな。俺たちは幸せ者だ。魔人という悪党どもに罰を与える俺たちに、神様がご褒美をくれたのかもな」

「違いないですね」

リックが引いている荷馬車は空になっていた。捕まえたエルフはすべてが高値で売れ、一人として売れ残りはない。

「あいつら、もう仕事を終えていますかね」

「あいつらは仕事が早いからな。この調子なら今日は三往復できそうだ」

リックたちは効率的に奴隷売買を進めるため、エルフが詰まった荷馬車をダンジョンの外に置いて待機しているよう捕獲班に命じていた。空になった荷馬車と、エルフが詰まった荷馬車を交換し、再び街へ行く。簡単に金が増えていく快感に、彼は笑みを抑えることができなかった。

「あれ？　姿が見えねぇな」

リックはダンジョンの外で待ち合わせをしていた仲間たちの姿を探す。しかし仲間もそうだし、エルフを捕まえた荷馬車の姿もない。

「もしかしてあいつらエルフに負けたんじゃ……」

「まさか！　ゴブリンとエルフなんかに敗れる奴らじゃない。おおかた、捕まえたエルフたちでお楽しみなんでしょう」

「だな。心配性なのは悪い癖だ」

「でもそれがリックさんの長所でしょ」

「そう言ってもらえると助かる。用心のために、馬から降りて仲間たちの様子を見に行こう」

リックは漠然とした不安から馬と荷馬車をダンジョンの外に置いておくことを決める。これはダンジョンから森までの道が細く、馬での移動は小回りが利かなくなることを恐れたためだ。

「行くぞ。十分注意しろよ」

荷馬車が何とか通れる程度の幅しかない細道を冒険者たちは進む。リックは周囲を警戒して進むが、他の仲間は彼の忠告の効果が薄かったのか、あくびを漏らす者がいるほどに油断していた。

「視界が悪いな」

「このダンジョン、こんなに暗かったか？」

「いいや。来たときはもう少し明るかったはずだ」

「おい、あれ！」

仲間の一人が声をあげる。彼の視界の先にはゴブリンがいた。

「逃げやがった。追いかけるぞ！」

「おい、待て！」

リックの静止を無視して、彼の仲間たちはゴブリンを追いかける。ゴブリンのような雑魚を倒したところで得られる硬貨など微々たるモノ。緊張感を失くさないためにも、無視すべきだと彼は忠告するも、誰も言うことを聞かない。

そしてリックの悪い予感は的中する。突然、矢の雨が飛んできたのだ。ゴブリンを追いかけていた仲間の何人かが頭を射抜かれて倒れる。

「エルフたちだ！　矢に当たらないように隠れろ！」

リックは咄嗟に矢から身を守るために岩陰へと隠れる。彼は以前訪れた時のダンジョン構造を思い出していた。

「この先に小部屋がある。そこにエルフ共は待機して、俺たちが来るのを待っていたんだ！」

リックはそう口にして気づいた。エルフたちがこの場で罠を張って待機しているということは、仲間の捕獲組は全滅したということだ。

「いずれ矢は尽きる！　むやみに動くんじゃないぞ。今はただ時間が過ぎるのを待つんだ」

リックは矢に当たらないように岩陰に顔を押し込む。ダンジョン内が薄暗いことも相まって、矢が風を切り裂く音は彼の恐怖心を増長させた。

「リックさん。何か変な音がしませんか？」

「変な音？」

「ヒタヒタと水滴が落ちるような音が聞こえませんか？」

「……聞こえないな」

リックの耳には矢が風を切る音しか聞こえない。矢の雨は止まることを知らず、彼の足をその場に留め続ける。

「このペースだと、あと数分で矢が尽きるはずだ。それまで耐えるんだ！」

リックはダンジョン内に反響するほど大きな声をあげる。だがその声に誰も応えない。そこで彼は異変に気付いた。

「オカシイ。オカシイぞ！　あいつらはゴブリンを見ただけで不用意に大声をあげて追いかけるような奴らだ。この矢の雨の中、黙っていられるはずが……」

リックはゆっくりと背後を振り返る。そこには誰もいない。先ほどまで話をしていた部下の姿すらない。

リックはゴクリと息を呑む。そして気づく。ヒタヒタと水滴の落ちる音が彼の耳に届いた。

「暗闇の向こう側！　誰かいるのか！」

「いるよ」

暗闇から声が返ってくる。幼い子供のような声。続くように、暗闇から少年が姿を現した。

「ひぃいいいぃっ」

現実の存在とは思えない美少年が、仲間の男の髪を引っ張りながら姿を現した。男の顔の皮は剥がされて血がヒタヒタと落ちている。リックは絶望感で息を呑んだ。

◆

「な、なんなんだ、お前は？」

「僕はこのダンジョンのマスターのレオだ。よろしくね」

「レオ……どこかで聞いた名前だが、そんなこと、今はどうでもいい。ダンジョンマスターだと？　ここのダンジョンは魔人のエルフと魔物のゴブリンが巣食う場所だ。つまりダンジョンマスターはエルフのはずなんだ」

「譲り受けたのさ。だから今は僕がダンジョンマスターであり、君の敵でもある。え〜っと、あいつの名前は？」

レオナールは冒険者の髪を強く引っ張る。すると苦痛に耐えかねて「……リック」と小さく漏らし、そのまま息を引き取った。硬貨になって地面に散らばる音が、リックの恐怖心を増長させる。

「リックさんか。良い名前だね」

「……俺の部下に何をした？」

「尋問さ。このダンジョンはどれだけの知名度なのか、また他に奴隷商人の仲間はいるのか、君たちが全員生きて帰ってこないとどんな反応が起こりうるか。全部、聞き出したよ。そして君以外は全員殺した」

「…………ッ」

「いや〜大変だったよ。君たちをダンジョン内に誘い込み、一人ずつ背後から連れ去っていく。気づかれないように拉致するのに気を使ったよ。なにせ君たちの中の誰か一人にでも逃げられると面倒なことになっていたからね」

「め、面倒なこと……」

「例えばそうだな、聞き出した情報によるとこのダンジョンはゴブリンの住む話だけが広まっていて、エルフが住んでいるのを知っているのは奴隷商人の中でもごく少数らしいね。もし君たちが逃げ帰り、エルフにやられたと情報を広めれば、奴隷商人が押し寄せてくる。その中には上級冒険者も含まれているかもしれない。そうなると面倒だろ」

「ダンジョン内を暗くしたのも攫われている事実の発覚を遅らせて、俺たちを逃さないようにするためか……」

「他にも色々と工夫をしたんだ。矢の雨を降らして、意識をそちらに集中させたり、ゴブリンを囮にして細道に誘い込み、背後にいる仲間たちの様子を分かりにくくしたりね」

「お、俺は、どうなるんだ……」

リックには人の能力を判定するジョブスキルがあった。どれほど努力しても超えられない壁。奇跡が起きてもレオナールとの差は引っくり返せない状況だと認識していた。気づくと彼は恐怖心から歯をガタガタと震わせていた。

「リック。君は僕と背格好が似て、小柄だね」

「だ、だから、どうした」

「君を見て、いいことを思いついたんだ」

レオナールは手の平から炎を生み出し、ユラユラと輝かせる。暗いダンジョンに灯った明かりは、リックの恐怖心を増長させた。

「その炎で何を……」

「君たちを尋問しているときに聞いたんだが、売れ残ったエルフたちに拷問まがいのことをしていたそうだね」

リックは言葉を失う。捕まえたエルフの中には戦闘で負傷したものや年老いたものもいた。売れ残った商品を、彼らなりの方法で処分していたのだ。

「君の部下から聞いた話だと、エルフを的にして矢の練習をしたり、顔を焼いて苦しむ姿を楽しんだりしたそうだね」

「た、確かに、俺たちは売れなかったエルフで遊んだ。けど、あれは部下のストレス発散のために必要なことだったんだ。それに相手は魔人だ。人間じゃない」

「そうか。君の意見は分かったよ」

レオナールは同情の余地なしと判断し、リックの顔を焼く。彼の顔はかつてのレオナールのように焼け爛れてしまった。

「ああああっつつつぃ!!! い、いだいっ、こ、殺してくれ! 殺してくれ!」

「ここでは殺さないよ。僕は君の死体を有効活用するつもりだからね。殺すならダンジョンの外だ」

ダンジョンで命を落とした者は人間であれ、魔物であれ、魔人であれ、例外なく硬貨へと変わる。死体を手に入れるためにはダンジョンの外で始末する必要があった。

「お、俺の死体を利用するだとっ!」

「そうさ。僕はロト王国で死んだ人間として扱われているが、もし生存を疑われると厄介だからね。物的証拠を作っておきたいのさ」

「ぶ、物的証拠⁉」

「そう。君の死体だよ。顔を焼いて、僕の服を着せて、森の中に放置する。そうすれば動物たちが死体を食べてくれるだろ。最後に遺書でもつけてあげれば完璧だ」

リックは顔を焼かれながら、レオナールを睨みつける。その瞳には怨嗟が込められていた。

幕間

〜ジルとリリスの冒険〜

ジル率いるパーティはロト王国でも屈指の難易度だと評されているドラゴンのダンジョンを訪れていた。過去誰も踏破したことのないダンジョン。攻略して伝説になってやると、ジルは意気込んでいた。

「ジル、私たちはドラゴンに勝てるでしょうか？」

第三階層へと繋がる階段を下りながら、武闘家のリザは訊ねる。

「勝てるさ。俺たちは最強の聖騎士、最強の聖女、最強の武道家、最強の魔法使いの集まりだ。足手まといの商人もいなくなったし、負けるはずもないね」

「ジルがそういうなら……」

「あら？　リザ、あなたジルの意見に何か反論でもありますの？」

「そういうわけでは……」

「リザ、不満があるなら言えよ。お前は俺の女だからな。いいや、お前もだな！　ガハハハッ」

「…………ッ」

レオナールがいなくなり、男一人、女三人のパーティになってから、ジルは増長するようになっていた。そうなった最大の要因は、三人の女全員が、ジルに好意を寄せていたからだ。

ジルは確かに女性の憧れとなりうる存在だ。整った顔と、聖騎士としての権力や将来性など、彼の長所であった紳士的な態度に陰りが見え始めたとしても、その魅力は強く輝いている。

「そろそろ三階層だよ。みんな気を付けてね」

リリスが注意を促すと、プロの冒険者であるメンバーたちは皆真剣な表情を浮かべる。三階層。ドラゴンのダンジョンで誰も辿りついたことがない領域へ彼らは降り立った。

「ここが第三階層か。第二階層とあんまり変わらないな」

ジルは周囲に視線を巡らせる。岩肌が晒された大広間は第二階層と変わらない景色だった。

「ジル、あれ！」

最初に気づいたのはリザだった。緑色の鱗を持つ龍が岩の陰から飛び出してきたのだ。

「あれはまさか……スカイドラゴンか」

「スカイドラゴン？」

「風を操り、火を噴くドラゴンだ。鱗は鉄のように固く、下級冒険者では傷一つすら付けることができないそうだ」

伝説の敵を前にしてジルは剣を構える。彼は勝利を確信した笑みを浮かべ、いつものように叫んだ。

「リリス。俺に身体能力強化の魔法をかけろ」

「はい！」

リリスは魔力を練り上げ、身体能力強化の魔法を発動する。ジルは剣が軽くなったのを感じた。

「聖騎士の実力を見せてやる」

ジルは剣を振り上げて、スカイドラゴンの足を切りつける。しかし傷一つ付かず、剣の方が刃こぼれしてしまう。

「リリス、まだ足りない！　いつものようにもっと強力な魔法を頼む」

「はい！」

リリスは身体能力強化の魔法を再び発動する。ジルは力が増したことを実感するが、いつもとは比べ物にならないほど低レベルな強化に不満げな表情を浮かべる。

「リリス、お前の力はこんなものじゃない。これではスカイドラゴンを倒せない」

「次は全魔力を注ぎ込みます」

リリスは可能な限りの魔力を燃やし、身体能力強化の魔法を発動するも、ジルはいつもと同じ力を得ることができなかった。

それはある意味当然のことで、ジルたちは知らなかったが、リリスが身体能力強化の魔法を発動するとき、レオナールがそこに合わせるように重ね掛けしていたのだ。レオナールの力が欠ければ、身体能力強化の力もリリス単体の性能しか発揮できない。

「リリス、頼む！　早く本気を出してくれ」

「本気を出しているの。けど……」

「もういい！　俺の力で何とか――」

ジルが言い終える前に、スカイドラゴンが口から炎を吹き出し、彼を襲う。炎は彼の身体を掠め、鎧を焼く。直撃すれば死ぬ。ジルはそう確信した。

「に、逃げるぞ。撤退だ」

ジルはスカイドラゴンに勝利することはできないと諦め、階段を昇り、二階層へと逃げ込む。

「ま、負けてしまいましたわね。やはり三階層の相手は強敵ですわ」

「スカイドラゴンが相手なんだし、仕方ありませんね」

マリアンヌとリザは相手がスカイドラゴンだから負けたのだと納得していた。しかしジルとリリスは互いに納得しきれない部分があった。だが二人はそれを口に出さない。ジルは軽く舌打ちすると、大きくため息を吐いた。

「今回は敗北したが、誰も死ななかったんだ。運と相手が悪かったと諦めよう」

ジルがそう口にした瞬間、通路からいくつかの人影が現れる。人影の正体はゴブリンだった。ゴブリンの群れは通路から姿を現すと、彼らを取り囲んだ。

◆

「ゴブリンか。こんな高難度ダンジョンに相応しくない魔物だな」

このダンジョンは主となる魔物はドラゴンだが、それ以外の魔物も巣くっていた。ジルはゴブリン相手で助かったと内心ほっとしていた。

「レオナールがいてくれたらゴブリンたちを効率よく倒してくれたのでしょうが……」

「あいつの話は止めろ。あいつがいなくとも俺がやってやるさ。リリス、身体能力強化だ」

「は、はい」

リリスの魔法により身体能力が強化されたジルはゴブリンを切り伏せていく。圧倒的実力差を、彼は実感していた。

「やはり俺は強い。強いんだ！」

ジルの動きは留まることを知らず、ゴブリンたちを切り刻んでいく。そんな時である。彼にかけられていた身体能力強化の魔法が解除されてしまう。

「リリス、どうしたっ！」

「魔力が……尽きて……」

「嘘吐け！　いつもなら平気じゃないか」

「で、でも……」

「命を絞り出すように魔法を使え！」

「は、はい」

リリスは再び身体能力強化の魔法を発動しようとするも、魔力が尽きてしまっては力を使うことはできない。無茶に身体が追い付かないのか、彼女は口から血を吹き出して倒れこんだ。

「マリアンヌ、リリスに回復魔法をお願いします！」

「分かりましたわ」

リザが心配そうに駆け寄ると、リリスを背負う。背負われた彼女の体調を戻そうと、マリアンヌは回復魔法を発動する。

「私が地上へ連れていきます」

「ジルはどうされますの？」

「俺は……クソッ、ゴブリンどもは数が増えていきやがるし、それに……」

ジルはゴブリンの群れを指揮している存在を視界に捉えた。威圧感を放つその存在は、ドラゴンダンジョンの魔人、龍人である。

「あの龍人はゴブリン相手に体力を消耗した俺たちを狩るつもりだ。ゴブリン相手に逃げるのは癪だが仕方ねぇ。撤退だ」

ジルたちはダンジョンから命からがら撤退する。ダンジョンの外は山の中で、木々が夕暮れに照らされて朱色に染まっていた。

「こんな無様な敗走は初めての経験ですわ」

「今回の敗因はすべてリリスのせいだ」

ジルはリザに背負われたリリスを掴むと、地面にたたきつける。背中に伝わる痛みで、彼女は意識を取り戻した。

「ジ、ジル……」

「どうして手を抜いた！　リリスがいつも通りならゴブリン相手に敗走することもなければ、スカイドラゴンの首も討ち取れていた」

「わ、私、本気でやったよ」

「……俺は嘘を吐く女が一番嫌いなんだよ」

ジルはリリスの胸ぐらを掴んで持ち上げる。聖騎士の腕力に魔法使いの腕力で叶うはずもなく、その手を振りほどくことはできない。

「もう一度聞く。なぜ本気を出さなかった？」

「わ、私、本気で……」

「そうか。リリスの気持ちは分かった」

ジルは失望の表情を浮かべると、リリスの頬を平手で打つ。真っ白な肌に手の平の痕が真っ赤に刻まれた。

「ひ、酷いよ。ジル。優しかった頃のあなたに戻ってよ」

「俺は昔からこういう性格だ。優しくしてやったのは利用価値があったからだよ」

「り、利用価値っ」

「俺はリリスの魔法使いとしての実力を高く評価していた。美貌と実力を兼ね備えた俺の女に相応しい存在だと思っていた。けどな、俺は女に困っていない。実力の伴わない顔だけの女に興味はねぇんだよ」

ジルは再びリリスを地面にたたきつける。そして地面を転がるリリスの腹を蹴り上げた。リリスの口から血があふれ出る。

「俺は今日の戦いで死んでもおかしくなかった。土壇場で役に立たない無能が。てめぇはパーティから追放だ」

「そ、そんな……」

ジルの慈悲のない言葉に、リリスは涙を流す。彼女はジルに対して軽蔑を抱き、また彼女自身意識しないままに「……レオナールならこんなことしないのに」とボソリと呟いた。

「レオナールだとっ！　俺があいつより劣っているとでも言うつもりかっ！」

ジルは地面に転がるリリスの髪を引っ張りあげる。苦痛で歪む彼女の顔を前にして、彼は手の平に炎を宿す。

「訂正しろよ。『ジル様は無能なレオナールより何もかも優れています』と認めろ。もし認めないなら、もう一度顔を焼いてやる」

「うぅっ……」

リリスは涙を零しながら逡巡するも、自分の身を守るために口を開いた。

「ジル様は……無能なレオナールより……何もかも優れています……」

「本当、最低な女だな、お前は」

ジルはリリスの髪から手を離すと、彼女を置いてその場を立ち去る。二度と顔を見せるな。彼が去り際に残した言葉はリリスの脳内に反響し続けた。

◆

リリスは夢を見ていた。視界に映るものは白い光ばかりで何もない空間。地平線の彼方まで白い景色は、彼女にとって見慣れた光景だった。

「この夢、見るのは何回目だろう……」

リリスがパーティから追放された日からすでに数日が経過していた。それから彼女が見る夢はすべて同じ。

「レオナール……」

リリスがそう呟くと、白い空間に顔が焼け爛れた少年が姿を現す。夢の中の彼は、リリスに満面の笑みを向けて、「大好きだ」と伝える。

リリスはレオナールから心の底から愛されているのだと実感する。彼は絶対に裏切らないし、いつも彼女の味方だ。

「レオナール、私もあなたのことが……」

リリスが言葉を言い終える前に、夢の中のレオナールは涙を零す。その表情には見覚えがあった。彼女がレオナールを裏切り、ジルを選んだ時の顔だ。

「私が馬鹿だったの……許して、レオナール……」

レオナールを裏切った時、リリスはジルのことを好きになっていた。名誉、将来性、身長、顔。彼はすべてにおいてレオナールを上回っていた。それもあり、長年尽くしてくれたレオナールのことを気持ちの悪いストーカーだとさえ思うようになっていた。

夢の中のレオナールは泣き続ける。その顔が脳裏から消えない。

夢は記憶の整理だ。レオナールを裏切った辛い記憶を忘れるためには何度悪夢を繰り返さなければならないのか。リリスは恐怖を覚えながら、朝が来るのを待った。

「今日の悪夢も終わりね……」

窓から差し込む日の光で、リリスは目を覚ます。周囲に視線を巡らせると小さくため息を漏らした。

リリスの寝室はレオナールがいた頃は埃一つない清潔な部屋だった。しかしレオナールがいなくなってからは、埃が宙を舞い、床にはゴミが散らばっている。

「ふふふっ、立派なゴミ屋敷ね」

リリスは食卓へと移動すると、何か調理でもしようと、戸棚を開けるが中には何もない。食材の買い付けはレオナールが担当していたため、彼女にはどこで何を買えばいいかさえ分かっていなかった。

「もし食材があっても、私、料理なんてできないけどね……考えてみれば私、レオナールにすべて任せっきりだったから、家事なんて何にもできないや」

料理ができなくとも腹は減る。リリスは倒れそうなほどの空腹を我慢できず、何でもいいから口にしたいと、床に散らばったゴミの中からカビの生えたパンを取り出す。

「カビを取り除ければ食べられるよね」

リリスはカビの付いていない部分を齧る。ゴミの中に埋まっていただけあり、腐臭を放っていたパンは、口の中でもその匂いを強く主張した。

「レオナールはいつも美味しい料理を作ってくれたなぁ……私が喜ぶからって隣町まで食材を買いに行ってくれて……あんなに私のことを大切にしてくれたのに……うぅ……私、本当に最低の女だ……」

カビの生えたパンに涙がポトリポトリと落ちる。その涙には後悔と罪の意識が込められていた。

「レオナール……また会いたいよ……」

リリスの願いに応えるように、家の扉をノックする音が響く。もしかしてと、彼女の心の中に淡い希望が宿った。

「レオナール！」

リリスは玄関へ駆けると、勢いよく扉を開く。そこにはレオナールの姿はなく、代わりにマリアンヌの姿があった。

「マリアンヌ……」

「あなたに報告ですわ。レオナールが見つかりましたの」

「えっ⁉」

リリスは思い人が見つかったことに喜色の笑みを浮かべる。彼女にはレオナールなら謝ればきっと許してくれるという自信があった。再び幸せに暮らすビジョンが脳裏に広がる。

（レオナールと一緒に暮らせるなら、土下座でも何でもする。そして今度こそ彼に思いを伝えるの！）

リリスは希望に満ちた笑みを浮かべる。その表情が絶望の色に染まるのは遠い未来ではなかった。

◆

マリアンヌに連れられて、リリスは首都エイトの傍にあるソロの森へと訪れていた。夕陽に照らされ赤く染まった森は、綺麗でもあり、どこか不気味でもあった。

「レオナールはこんなところに？」

「見えてきましたわ」

マリアンヌが連れてきたのはソロの森の中央に位置する大樹であった。この大樹は自殺の名所としても有名で、飛び降り自殺の死体や、首を吊っている死体が木の枝からブラブラと浮かんでいる。

「マリアンヌ。本当にこんなところにレオナールがいるの？」

「あなたの目の前にいますわよ」

「目の前？」

リリスは目を凝らすが、レオナールの姿はない。視界に映るのは大樹と、そこに吊るされた首つり死体だけ。

「え⁉」

リリスは首つり死体の中に見覚えがある背格好を見つける。動物たちに死体を齧られたのか白骨化が進んでおり、確証を得るまでには至らないが、顔の火傷と身長がレオナールそっくりだった。

「う、嘘よ。レオナールなはずないもん」

「いいえ。この死体はレオナールですわ。その証拠に死体の腹部にナイフが何本も刺さっていますわ。これは犯罪者の死体を冒涜する時に行われる行為の一つですわ。きっと私が見つけるよりも先に、レオナールだと判別できる状態の死体を発見した誰かが、ナイフで刺したのですわね」

「で、でも、レオナールは犯罪者なんかじゃないわ」

「お忘れですの。ジルのために、私たちが協力して罪をでっち上げたではありませんか」

「そ、それでも、他の犯罪者の死体の可能性も」

「……諦めが悪いですわね。顔が焼けている犯罪者の死体が見つかる可能性の低さを考えれば結論は出ているでしょうに……仕方ありませんわね。実はもう一つ決定的な証拠がありますの」

「決定的な証拠？」

「遺書が死体の懐にあったのですわ。読んでみます？」

「う、うん」

リリスはマリアンヌから遺書を受け取ると、封筒から中身を取り出して確認する。

『僕は大切な仲間たちに裏切られ、その結果、パーティの女性たちを襲ったという罪で国外追放の刑に処された』

最初の一文に目を通し、リリスはこれがレオナールの遺書だと確信する。再び視線を送る。

『僕は人類や仲間のために一生懸命働いてきた。その結果がこれだ。生きていても仕方ない。僕は命を絶つことを決めた』

『どうしてこんなことになったのか。僕がいったいどんな悪いことをしたというのか。もしリリスだけでも僕の味方でいてくれたなら、きっと自殺なんて選択をしなかったと思う』

『リリスを幸せにするのが夢だったのに……リリスの笑顔を見るのだけが生きがいだったのに……』

『許さない……許さない……絶対に許さない……ジルもリザもマリアンヌも国王も人類も、そしてリリスも絶対に許さない……呪い殺してやるから覚悟していろ……』

遺書はそれからも恨み言が続いた。レオナールはリリスがどんな失敗をしても、どんなに傷つけても、絶対に怒ったりしなかった。その彼がこれほどに怒りと憎しみを露わにしている。その事実が彼女の目頭を熱くした。

「レ、レオナール……ごめんなさい……わ、私、あなたに酷いことをしてしまった……」

リリスは首を吊った死体を地面に下すと、皮膚が腐っていることなど気にもせずに、死体に抱き着いた。

「わ、私、あなたに謝りたい……もう一度顔が見たいの……だから生き返ってよ、レオナール」

リリスは顔が焼けた死体を涙で濡らす。ポロポロと零れる涙に、死体は何の反応も示さなかった

第二章　～『ダンジョンの強化』～

レオナールが自殺した。この知らせはロト王国全土に広がり、無様な死にざまだと皆が嘲笑した。

そんな中でレオナールの死を悲しむ者たちがいた。首都エイトの商店通りにある一際大きな建物。レオナール商会の本店で、二人の男女が涙を零していた。

「坊や、どうして自殺なんかしたんだい……」

商店の社主であったレオナールの死を悼み、彼の似顔絵を前にして妙齢の女性はハンカチで涙を拭う。きめ細やかな肌と赤い髪、それに目の下の泣きボクロは、艶っぽさを放っていた。

「ジルたちのせいだ。あいつらがレオ坊を自殺へ追い込んだんだ！」

女性の隣に立つ男が涙を零しながら怒りの形相を浮かべる。若禿げが進行している男は丸太のような太い腕をテーブルに叩きつける。

「メリッサ、納得できるか⁉ あいつが情欲に駆られて仲間を襲う奴だと思うか⁉」

「モーリー、その質問は愚問だよ。坊やはビジネスや魔物相手なら非情な人だったけど、決して仲間を裏切るような人じゃない」

「ジルの野郎が罪をでっちあげたんだ。それにリリスの奴もなんだあれは！」

「酷いよね。私たちは坊やがどれだけリリスちゃんに尽くしてきたかを知っている。一番大切な人に裏切られた坊やが可哀そうだよ」

「クソッ！」

　モーリーが傍にあった椅子を蹴り上げると、椅子は勢いよく床を転がった。その椅子が突如勢いを止める。一人の男が椅子を踏みつけ、勢いを止めたのだ。

「誰だ⁉」

「僕だよ、モーリー」

　部屋に突如現れたのは、この世のものとは思えないほどに美しい少年だった。モーリーとメリッサはゴクリと息を呑む。

「椅子を蹴るなとあれほど注意したのに、またやったんだね」

「だから誰だ、てめぇは⁉」

「僕だよ。レオナールだ」

　少年がそう名乗ると、モーリーは怒りの形相を浮かべて少年の胸倉を掴む。そして丸太のような腕の力で、彼を持ち上げた。

「いいかっ！　教えてやる！　レオ坊は死んだんだ！　自殺したんだよ！」

「僕は死んでいないさ。あれは死体を偽装したんだ」

「偽装だぁ！　だとしてもだ！　レオ坊はてめぇのような綺麗な顔はしてないんだよ！」

「待ちな、モーリー。もしかして本当に坊やなのかい？」

　メリッサは何か確信めいたモノがあるのか、モーリーに手を離すよう命じる。

「メリッサ、どういうことだ？」

「リリスちゃんのことを思い出しな。あの娘もハイエルフの秘薬で顔を元に戻していただろ。坊やは火傷で分かりづらいけど、顔の造形は悪くなかった。もし火傷が治ればこんな顔になるんじゃないのかい」

「さすがはメリッサ。大当たりだ」

「信じるなよ、メリッサ。まだこいつがレオ坊だって証拠はないんだ。俺はまだ信じ切れてねぇ」

「しょうがないなぁ。僕が君について知っていることでも話せば信じてもらえるかな」

「話してみろよ。そうしたら信じてやる」

「君には生き別れた兄がいるだろ？」

「そんなこと調べればすぐに分かる」

「そうだな……なら君の娘の名前はニキータでニンジンが食べられない。理由は死んだ母親の好物で、思い出してしまうからだ。それから君の趣味は月に一度、娼館に通い、五人の娼婦にご主人様と呼ばせること。他にも色々あるけど、何が聞きたい？」

「本当に……生きていたのか……」

「生きているさ。モーリー、メリッサ。久しぶりだね。二人が元気そうで嬉しいよ」

「レオ坊！」

「坊や！」

　三人は再会を喜び抱きしめあう。ギュッと込められた力には喜びの感情が過分に含まれていた。

「レオ坊、今までどこで何をしていたんだ？」

「そうよ。坊やがいなくなって心配したのよ」

「僕が追放されてから何があったか教えるよ」

　レオナールはダンジョンに放り込まれたことや、ダンジョンマスターになったこと、今まで起きた出来事を整理して語る。

「これが僕に起きた出来事だ。説明した通り、僕はもうこの世にいない人間だ。レオナール商会の長として活動することはできない。そこで二人に頼みたいことがある」

「なんでも言ってくれ」

「私たちは坊やのためなら何でもするわ」

「命がけになるかもしれないよ。それでもいいの？」

　レオナールが二人に覚悟を問う。その覚悟に応えるように二人は真摯な表情を浮かべる。

「レオ坊。俺はあんたに救われた。娘の薬代を払えずに途方に暮れていた俺のために、金を立て替えてくれた。おかげで唯一の家族を死なせずに済んだ。あの時の感謝は今でも忘れてねぇ」

「私は坊やに救われた。娼婦をしていた私は毎日死ぬことしか考えていなかった。坊やが私をまともな人生へと引き上げてくれなければ、今頃、好きでもない相手に股を開いていたよ。私はあの時坊やのために死のうって誓ったんだ。この命、好きに使っておくれよ」

「ありがとう。お言葉に甘えて、僕はこれからレオナール商会の力を存分に使わせてもらうよ」

「で、レオ坊。いったい何をするつもりなんだ？」

「坊やのことだから、とんでもなく大きいことなんだろ？」

「大きいさ。なにせ僕はロト王国を乗っ取ろうと思っているからね」

◆

「王国を乗っ取る⁉」

モーリー、メリッサは驚嘆の声をあげる。レオナールと長い付き合いの二人は彼のビジネスのスケールが大きいことは認識していたが、まさか国ごと奪い取るつもりだとは思っていなかっただけに驚きを抑えきれなかった。

「王国を乗っ取るって、力ずくでやるのか？」

「モーリー、坊やがそんな方法を選ぶわけがないだろう。そもそも不可能だよ」

「メリッサの言う通り。現状の戦力では無理だ」

ロト王国は周辺諸国の中でも最強と称されるほどの軍事力を有している。聖騎士団と王国騎士団。この二大戦力と正面からぶつかって勝利するには、まだまだ戦力が不足していた。

「僕は正攻法で国を乗っ取ることを目指す」

「正攻法？」

「そもそも国王がどのようにして選ばれるか知っているか？」

「俺は知らねぇ。メリッサはどうだ？」

「確か王位継承権を持つ者の中から選挙で選ばれるのよね」

「そう。選挙だ。王座に空きができると、十人の都市長が選挙で次の王を決める。さらに付け加えるなら、聖騎士団長と王国騎士団長の任命権は国王にあるから、実質国のすべてを決定する権限は王を決める十人の都市長が握っていることになる」

「なるほど。坊やの狙いは都市長を支配下に置き、自分にとって都合の良い者を国王にすることだね」

「都市長さえ押さえれば王座は手に入れたも当然だからね。ただし自分にとって都合の良い者を国王にすることはしない」

「なら誰を？」

「第三者ではない。僕が国王になる」

レオナールは腕の龍が描かれた痣を見せる。モーリーもメリッサもその痣が何だか分かっておらず、首を傾げていた。

「僕自身知らなかったんだが、僕の母親は前国王の姉だったそうだ。つまり憎くて仕方ないロト王やマリアンヌは、僕の遠い親戚ということになる」

「ははは。っ、つまりレオ坊は王位継承権を有しているってことか！」

「そういうこと。ただこの王位継承権が原因で追放されたんだけどね」

「ん？　どういうことだい、坊や？」

「僕は今回の追放がジルの悪意、強いて言うなら、リリスと僕を引き離すために行われたことだと思っていた。けどそれだけでこんなことをするかな？」

「それは……」

「リリスはマリアンヌに僕の龍の痣を相談すると話していた。そこで僕が王位継承権を有すると知ったんだ。ライバルは少ない方が良い。彼らの行動は少しでも王位へと近づくために邪魔者を排除することが目的だったんだ」

「そういうことだったのか……ならレオ坊は絶対に表に出ない方がいいな」

「坊やを殺そうと刺客がやってくるだろうからね」

モーリーとメリッサは、レオナールの正体を守り抜くことを誓う。

「さて、少し話が逸れたが、本題に入ろう。十人の都市長をどうやって落とすか。方法はたくさんあるけど、必要なものは分かっている。金と暴力だ」

「単純だがレオ坊の言う通りだな。金は言わずもがな、暴力も脅しの道具としては一級品だ」

「暴力はダンジョンマスターとして力を蓄えることで手に入れる。最終的にはかつての魔王べルゼのようにダンジョンすべてを支配下に置く」

「坊やが魔王ベルゼに匹敵する力を手に入れれば、聖騎士団、王国騎士団に匹敵する権力が手に入る。そうなれば都市長を懐柔することも容易というわけね」

「次に金だがこちらはレオナール商会の力を借りたい。もちろんダンジョンマスターとしてバックアップできる部分は多々あるが、表立って行動するのは二人だ。レオナール商会をロト王国で三本の指に入る大商会に成長させてほしい」

「任せてくれ！　俺たちはレオ坊のためなら寝る間も惜しんで働いてやる！」

「坊やの願いとあっちゃ、やるしかないね」

「ありがとう。最後にもう一つお願いだ。エルフの奴隷がいれば買い取って欲しい。金は僕が出す」

「どれほど高額でも構わないのかい？」

「構わない。僕はエルフ族に命を救われた。今度は僕が彼女たちを救う番だ」

二人は任せておけと胸を張る。レオナールが死んで途方に暮れていた二人はもういない。やる気に満ちた表情で、彼らは商会を成長させるのだと決意した。

◆

商会を後にしたレオナールはダンジョンへと戻る。エルフの森では彼の帰りを心待ちにしていたエルフたちが集まっていた。

「お帰りなさい、レオ様」

「出迎え、ありがとう。ユキリスは？」

「ユキリス様ならご自宅にいらっしゃるはずです」

「ありがとう」

レオナールはユキリスの自宅であり、ダンジョンマスターとしての邸宅でもある家を訪れる。入口の扉を開けた瞬間、彼女は勢いよく彼に抱き着いた。

「いきなり抱き着いて、どうしたのさ、ユキリス」

「会えなくて、寂しかったので、旦那様成分を充電しているんです」

「会えないって、僕がダンジョンを離れてから一日も経っていないだろ」

「だとしても、どこかへ消えてしまったらと思うと不安で。こうやって旦那様の体温を感じると、傍にいてくれるのだと実感できるんです」

「僕なんかが君の寂しさを紛らわせるのに役立てるなら嬉しいよ」

二人は少しの間、抱き合うと、そのままリビングへ移動し、椅子に座る。

「旦那様、ご友人にはお会いできましたか？」

「うん。二人とも元気だったよ」

「……それは女性の方ですか？」

「一人は男だけど、もう一人はそうだね」

「旦那様はリリス以外にも仲の良い女性がいたのですね。なんだか嫉妬しちゃいます」

「いやいや。ただの友人だよ。それに僕にはユキリスがいるもの。他の女性に目移りなんかしないよ」

「旦那様のそういうところが大好きです♪」

「今日は色々な収穫が得られた。レオナール商会を動かせるようになったのは野望達成のための必須事項だからね。それともう一つ、課題に気づけた」

「課題ですか？」

「僕はこれからダンジョンの外に出かけることも多くなる。そのためにダンジョンを守る戦力を強化しないといけない」

ダンジョンの主な戦力はエルフとゴブリンだ。この二つの戦力では上級冒険者の襲撃があれば、すぐに壊滅してしまう。

「僕一人に頼りっきりだと、上級冒険者が複数人で襲撃してくれば、手が回らず守りきれないかもしれない」

「上級冒険者ですか……幸い、まだ訪れたことはありませんね」

「だろうね。強い魔物を倒せば倒すほど落ちる硬貨は多いからね。わざわざゴブリンを狩るために弱小ダンジョンを訪れないよ。ただそれも僕の存在が秘匿されているからだ。もし強者がいると知られれば討伐隊が結成されるはずだ」

「まだ旦那様の存在は知られていませんよね？」

「たぶんね。この前壊滅させた奴隷商人の冒険者たちも一人残らず始末したし、僕について知る者は現段階だといないはずだ。けれど情報はいつか露呈するもの。時間の問題だよ」

「ではどうすれば……」

「ダンジョンを強くしよう。そしてどんな強敵でも追い返せるようにするんだ。そのためにも現状を知る必要がある。このダンジョンのレベルを教えて欲しい」

　ダンジョンレベル。それはダンジョン内で戦闘が発生すると上昇するパラメータのことである。強者同士の戦闘であればあるほどダンジョンの得る経験値は多くなり、レベルアップに近づいていく。冒険者組合はこのダンジョンレベルを参考にして送り込む冒険者を決めているほど、ダンジョンの強さを知るために重要な数値であった。

「恥ずかしながら最近発見されたこともあり、ダンジョンレベルは1です」

「エルフとゴブリンしかいないからな。予想はしていたけどやっぱりそうか……」

「そのため訪れるのは初心者冒険者ばかりです……稀にエルフがいると知った奴隷商人が訪れることもありますが……」

「もっと冒険者の数を増やさないとレベルは上がらないいな。ちなみにレベル1だとどれくらいの収益を得られるんだ」

ダンジョンはレベルに応じて毎日硬貨を自然発生させる。その発生した硬貨を元に、ダンジョンマスターは魔物を生み出すのである。

「金貨一枚です」

「金貨一枚なら強いゴブリンなら十体くらいかな」

この世界の通貨は白金貨、大金貨、金貨、銀貨、銅貨で構成されており、それぞれ十枚で一つ上の硬貨と同価値になる。白金貨が成人男性の年収に相当し、大金貨一枚が成人男性の月収に相当した。

ゴブリンは最弱の魔物であり、銅貨十枚か、銀貨一枚で生み出すことができる。これは最低限の投資であり、高い金を払えばジョブランクの高いゴブリンを生み出すことも可能だ。ジョブランクが高いと身体能力や魔力など基本的な能力値が高い状態で誕生する。数より質を求めるのならば、課金額を増やすのが近道であった。

「申し訳ございません。私がもっと上手くダンジョン経営をしていれば」

「仕方ないよ。ユキリスは外敵を追い払うので精一杯だったんだろ」

「旦那様にそう言って頂けると助かります」

「まずは冒険者の集客をしよう。僕たちが倒せるような弱小冒険者をもっともっと集めるんだ。決して困難なダンジョンだとは思わせずに、客である弱小冒険者だけを集める。難しい課題だが、商人としての腕が鳴るなぁ」

「ですがどのようにして集めるのですか？」

「人を集める方法は一つだ。顧客の満足できるモノを用意する。すなわち弱小冒険者が揃って訪れたくなるような魅力あるダンジョンにするんだ」

「魅力あるダンジョン……」

「いくつか案はあるけど、一つは報酬の設置かな。上級冒険者は金に困っていないだろうけど、弱小冒険者は常に金欠だ。ちょっと値が張る装備なんかをダンジョン内に設置してあげるだけで、他のダンジョンと差別化できる」

「なるほど」

「もう一つは死なないダンジョンにすることかな」

「死なないですか？」

「うん。上級冒険者や奴隷商人のようなダンジョンの害になるような奴らは死んでくれた方がありがたいけど、弱小冒険者は何度も何度も襲撃してくれた方が経験値を得られるからありがたいだろ。だから殺さないで生かして返してあげるんだ。経験の少ない弱小冒険者にとって死なないこと以上に魅力ある付加価値はないよ」

　死なないダンジョン。それは投資を必要とせずに、ダンジョンの経験値を積める妙案だった。

レオナールは最弱のゴブリンダンジョンがこの先も生き残っていくためには、他のダンジョンと差別化していく必要があると考えていた。

「さて集客の方法に関してはこんな感じだ。次は魔物について話そうか」

レオナールは手の平に魔物カタログと記された本を生み出す。ゴブリンが表紙に描かれたファンシーな書物だった。

◆

「これが魔物カタログだよね？」

「はい。ただそこにはゴブリンしか記されておりません」

魔物カタログはダンジョンマスターが生成可能な魔物の種別が記された書物である。ユキリスの言う通り、埋まっているのはゴブリンの一ページだけで他はすべて空白だった。

「魔物の種類について話す前に、僕が魔物を生み出す必要性について感じていることを先に伝えたい」

「必要性ですか？」

「うん。ダンジョンマスターとして金の投資先は主に二つだ。一つはダンジョンを守る魔物を生み出すこと。そしてもう一つはダンジョンそのものを拡張すること。今回は前者に投資する」

「ダンジョンの拡張は必要ないのですか？」

「必要さ。ただ魔物を増やす方が優先度が高い。ダンジョン運営とは遊技場の運営に近いモノだと思っているからね」

「遊技場とは人間たちが遊ぶ施設のことですよね」

「そう。遊技場は遊ぶための箱を用意し、客を楽しませるためのキャストとアトラクションを用意する。客は入場料を対価に、楽しさを得るんだ。ダンジョン運営はそっくりそのまま当てはまる」

「箱はダンジョンの広さですよね。狭いとダンジョンのエリアをすべて踏破してしまい、もう二度と訪れてはくれなくなりますから」

「そうだ。そしてキャストとアトラクション。これが魔物になる。弱小冒険者と戦い、追い返す役目だ。決して殺さず、こちらも殺されないように注意する。そうすれば弱小冒険者は戦ったという実感を得られるだろ。さらに宝箱という形で報酬も用意してやる。そうすれば殺されないならもう一度と何度も何度もリピートしてくれる。そしてダンジョン経験値という入場料を残してくれるんだ」

「なるほど。旦那様の仰りたいことが分かった気がします」

「僕は従業員に無理をさせる経営は嫌いだ。魔物のゴブリンたちには余裕を持って戦ってほしい。そのために必ず勝てる戦力を用意してあげたいんだ。それにいくら箱が広くても、キャストとアトラクションに魅力がなければ客は来てくれないからね」

「必ず勝てる戦力……それならば話は戻りますが、魔物の種類を増やす必要がありますね」

「ゴブリンだけでは心許ないからね」

「種類を増やすには魔物の卵に挑戦する必要があります」

「魔物の卵？」

「魔物の卵はクジ引きのようなものです。生まれてくる魔物が何か分からないのが特徴です」

「魔物の卵を使うとカタログの種類が増えるのかい？」

「はい。カタログは今まで孵化させたことのある魔物が登録されますから。つまり一度孵化させてしまえば、何度でも魔物を呼び出せるのです」

「へぇ〜それならドラゴンなんかも生み出せたりするのかい？」

「いいえ。それは無理です。このダンジョンの卵はゴブリンしか生まれません。もちろんゴブリンにもゴブリンチャンピオンやゴブリンメイジなどの種別があります。より上位種のゴブリンを引き当てられると、戦力強化に繋がります」

「でもそれは変だね。ダンジョンの中には様々な種類の魔物が発生するダンジョンもあるよね。一つのダンジョンに一つの種族の魔物という話と繋がらないよ」

「それはダンジョンマスター同士で卵を交換しているからです」

「交換か。つまりドラゴンの卵を他のダンジョンマスターから貰えれば、このダンジョンでもドラゴンを生み出せるということだね。そのためにも他のマスターと交流を深めないとね……

何はともあれ、まずはチャレンジだ。ダンジョンのプール金はどれくらい残っているのかな？」

「金貨一枚しか残っていません……」

「魔物の卵の値段はいくらだっけ？」

「誕生する魔物の最低価格の十倍です。ゴブリンを引き当てると目も当てられないね」

「一つだけしか生み出せないのか。ゴブリンを引き当てると目も当てられないね」


魔物の卵はどんな種類の魔物が生まれるか分からない代わりに、ジョブレベルが最低レベルで誕生する。つまり外れを引いた場合、銀貨一枚相当のゴブリンを金貨一枚で生み出してしまうことになるのだ。

「強い魔物が生まれてくれよ」

レオナールは念じながら魔物の卵を生み出す。卵は何もない空間から産み落とされると、すぐにヒビが入り、孵化を始める。

卵の中からは杖を持ったゴブリンの子供が生まれる。ゴブリンメイジの誕生だった。

「旦那様、凄いです！　まさか上位種のゴブリンメイジを引き当てるなんて」

「もしかすると魔王の強化の力でダンジョンマスターとしての力も強化されているのかもしれないね……」

「この調子で魔物を生み出し続ければきっとこのダンジョンはもっと強くなります」

「そうだね。そのためにも金が必要だ。集客のための手を打とう」

「集客のための手ですか？」

「うん。僕はね、パン屋を開こうと思うんだ」

「パ、パン屋ですか⁉」

ユキリスは驚きの表情を見せる。レオナールの頭の中には次なる戦略が思い描かれていた。

◆

レオナールがパン屋を開くと決めてから数週間が経過した。彼は宣言した通り、首都エイトの噴水広場の傍でパンの移動販売を行っていた。彼の隣には外套を被り、耳を隠したユキリスの姿もある。

「旦那様、良くこれだけの短期間に開店準備が進められましたね」

「レオナール商会のおかげだね」

パンの材料となる小麦を仕入れるための販路確保や、街中での営業許可取得などは、すべてレオナール商会の伝手《つて》を利用したものだった。

「それとゴブリンが頑張ってくれたからかな」

材料と営業許可。これだけでパンを作ることはできない。小麦を練り上げ、果物などをトッピングし、焼き上げる調理者が必要だ。この役目をダンジョンのゴブリンたちが担っていた。

「あ、お客さんが来たようだね」

レオナールの視線の先には若い女性の姿があった。彼女は本日二度目の訪問であったため、彼も顔を覚えていた。

「お姉さん、どうしたの？」

「レオくんの顔が見たくて、また来ちゃった。迷惑？」

「全然。むしろ僕もお姉さんの顔が見られて嬉しいよ」

「ほ、本当⁉」

「本当だよ」

「えへへへ、でも本当、レオくんは天使みたいな可愛さだよね。お姉さん抱き着きたくなっちゃう」

「それはもっといっぱいパンを買ってくれたらね」

「あははは、じゃあ……」

客の女性は荷馬車の中に並べられたパンを一つ手に取る。それはラズベリーを散りばめたパンだった。

「銅貨一枚だよね」

「うん、そうだよ」

「……レオくん、こんなに安くて大丈夫なの？　経営は成り立っているの？」

「任せてよ。こう見えても僕も立派な商人だよ」

「あんまり無理しちゃ駄目だよ。レオくんのパンなら銅貨五枚でも十分売れるんだから」

「ありがとう、お姉さん」

「レオくんは明日も営業しているの？」

「いいや。普段の僕はゴブリンのダンジョン前で営業しているからね。明日もそこで初心者冒険者の人たちに売る予定なんだ」

「ダンジョンの前か……買いにいけなくなっちゃうね」

「また日を置いたらここで営業するつもりだから、その時になったらまた買いに来てよ」

「うん。絶対だよ」

「それとお姉さんの友達の冒険者にも僕のパンを勧めて欲しいな」

「こう見えても友達は多いの。お姉さんに任せておきなさい」

「ありがとう。お姉さん、優しいね」

「ねぇ、レオくん。長く会えなくなるでしょう。一度だけでいいから抱きしめてもいい？」

「仕方ないな。一度だけだよ」

客の女性はレオナールの腰に手を回すとそのまま力強く抱きしめた。

「ぎゅ～～～～ぅっと、やっぱりレオくんは良い匂いがするなぁ」

「お姉さん……」

「冗談だよ、冗談。ありがとう、元気出たよ。私はレオくんのファンだからこれからも営業頑張ってね」

客の女性はレオナールから離れていく。彼女は去りながら、レオナールの姿が見えなくなるまでずっと手を振り続けていた。

「旦那様は随分とオモテになるようですね」

レオナールが開いたパン屋は客のほとんどが女性客だった。そのすべてが彼の顔に惹かれてきているといっても過言ではない。その証拠に彼を食事に誘った者、彼の仕事休みの日を訊ねた者はすでに十数名を超えていた。

「僕もチヤホヤされたくてしているわけではないよ」

「……旦那様の魅力に惹かれる女性がいるのは納得していますが、やっぱり嫉妬しちゃいます」

「…………」

「私もギュッとして欲しいです」

「ダンジョンに戻ったらね」

「約束ですよ♪」

ユキリスは先ほどまでとは打って変わり、機嫌良さそうに鼻歌を歌っている。レオナールはそんな彼女の様子が微笑ましくなり、頬を緩めた。

「それにしてもパンがたくさん売れましたね」

「そりゃ売れるだろうね。なんたって利益度外視で作っているからね」

「利益度外視ですか……」

「そう。まず普通のパン屋なら材料費や人件費が必要だ。さらに原価で売ると利益にならないから、利益を確保できるような売値にしないといけないんだ。けれど僕らはゴブリンたちがパンを作ってくれるから人件費は必要ないし、パンで利益を得るつもりもないから、売値に利益を乗せる必要もない。原価がそのまま売値になるんだ。こんなコストパフォーマンスの高いパン、世界中どこを探したって存在しないよ」

レオナールの狙いはパン目当てにやってくる新人冒険者たちから得られるダンジョン経験値であり、パンで稼ごうなどとは考えていない。利益を得るために努力している普通のパン屋では絶対になしえない味と価格だった。

「またお客さんが来たようですよ」

ユラユラとふらついた足取りで金髪青眼の女性が近づいてくる。レオナールは彼女に見覚えがあった。

「リリス……」

レオナールは拳をギュッと握りしめる。リリスは少年がレオナールだと気づかないままに、パンを求めて彼の前に立った。

◆

「こちらはパン屋さん？」

「う、うん」

リリスは言葉を交わしても、目の前の少年がレオナールだと気づかない。一方、彼の方はリリスの変化に気づいていた。

（随分とやつれている……）

以前のリリスは健康的な細身であった。しかし今の彼女は覇気がなく、まるで拒食症患者のようにぐったりとしていた。

「リリスさんですよね？」

「私のこと知っているの？」

「以前、レオナールって人を国外に追放する映像で見ました。なんだかあの時と比べて痩せていませんか？」

「食事が喉を通らなくて、ここ数日何も食べてないの。でもここの近くを通りかかった時、良い匂いがしたから、ここのパンならもしかしてと思って」

「……食事が喉を通らないのは、何か辛いことでもあったの？」

「辛いこと……とは少し違うの。私、大切な人に酷いことをしてしまったの」

「酷いこと？」

「裏切って自殺に追い込んだの。あんなに優しい人だったのに……うぅっ……ごめんなさい、突然泣いちゃって」

「気にしないでよ。僕は何とも思っていないから」

「ふふふ、なんだか、あの人と話しているみたい。顔は似ても似つかないのに」

「僕が似ているか……」

「そう。雰囲気や仕草がすっごく似ているの。それとあの人はね、私が困ったり、泣いたりしていると自分の方が泣きそうな顔をするのよ。時には私のことなのに、私より大声で泣いてくれることもあったわ……本当に優しい人だったの……」

「僕は悲しそうな顔をしていたんだね……」

「ええ。とっても。あなた、優しい人ね」

リリスは涙を拭うと、銅貨を一枚渡し、パンを受け取る。

「また買いに来てもいいかしら？」

「いつでも来てよ」

リリスはレオナールの言葉に満足すると、その場を後にした。彼は彼女の姿が見えなくなるのを名残惜しそうに見つめていた。そんな彼の手にユキリスはそっと手を添える。

「旦那様、私、負けませんから！」

「ユキリス……」

「私、旦那様を裏切ったリリスなんかに絶対負けません。私の方がリリスの何倍も何十倍も旦那様のことを愛しているんです！　私が旦那様のお嫁さんになるんです！」

「ユキリス、心配しなくてもリリスに……未練はないよ……」

「ごめんなさい。でも私、旦那様に捨てられるんじゃないかって不安になるんです！」

「以前にも伝えただろ。僕はユキリスと共にいると。裏切られることがどれほど辛いか知っている僕がこう言うんだ。信じて欲しい」

「旦那様……」

ユキリスはレオナールの手をギュッと握りしめる。握りしめる彼女の手はレオナールを失うかもしれない恐怖から震えていた。

◆

レオナールはゴブリンダンジョンの前でパン屋を営業していた。街で宣伝した効果が大きかったのか、パン目的に訪れる初心者冒険者が何人もいた。

「今日はここで営業しているんだな」

槍を背負う男がレオナールの前に姿を現す。何度もゴブリンダンジョンに挑戦している初心者冒険者の一人であった。

「昨日は営業できなくてごめんなさい」

「いいってことよ。街でパンを売っていたんだろ。成果はどうだった?」

「たくさん売れたよ。中にはリピーターになってくれて、僕のパンを買うついでに、ダンジョンに潜っていく冒険者もいるくらいさ」

「ははは、俺もその一人さ。このゴブリンダンジョンは最高だよ。ゴブリンメイジのような上位種が出ることもあるが、なぜか命まで取ろうとしないし、それにダンジョンの中に装備が落ちていることがあってな。この槍も昨日拾ったんだぜ」

「それはラッキーだったね」

男が槍を拾えたのは偶然ではなく、初心者冒険者のリピーターを増やすための戦略の一つであった。

(報酬の武器は始末した上級冒険者や奴隷商人から奪い取ったモノ。それをそのまま横流しすれば、僕らの懐は痛まない。売ることができず、邪魔になる武器をダンジョンからなくせるし、一石二鳥だね)

武器はアイテムと違い、使用者の好みにカスタマイズされていることが多い。そんな武器を何度も街の武器屋に売ってしまってはレオナールとダンジョンの関係性を結びつけて考える者が現れる危険性がある。そのため武器は捨てるしか使い道がなかったが、初心者冒険者の報酬という別の形で役割を得たのである。

「このダンジョン、俺の冒険者仲間にも宣伝しておいた。これからもっと賑わうぞ」

「それは嬉しいね」

「でもそうなるとこのダンジョンも踏破されてしまうかもな。そうなると寂しいけど」

「寂しいの？」

「人を殺さないダンジョンなんて他にはないし……それにさ、ゴブリンたちと戦い、負けても食われたりしないからさ。なんだか稽古を付けてもらっている気がして、魔物に情が移っちゃったんだよな。やっぱり変かな？」

「変なんかじゃないさ。それにお兄さんがそういう優しい人だからゴブリンたちも殺さないでいてくれるんだよ」

「そうか、やっぱり俺の気持ちは間違ってないよな？」

「うん。間違っていないって僕が保証するよ」

「よし！　ならまたチャレンジしてくる。応援しておいてくれ！」

「頑張って」

槍を持った男はダンジョンの中へと駆けていく。レオナールは映像を飛ばすことができる魔法水晶で、ダンジョン内にいるユキリスを呼び出す。

「ユキリス。今から槍を持った冒険者が行くけど、殺さないでいてあげてね」

「分かりました。戦力はどうしましょうか？」

「ゴブリンを前衛に、ゴブリンメイジを後衛に配備して。ゴブリンでも身体能力強化の魔法を使えば、あの槍を持ったお兄さんくらいなら倒せるだろうから」

「了解です。私は出る必要ありませんよね？」

「うん。エルフがいることはあんまり知られない方が良い。ユキリスが戦うのは始末すると決めた冒険者だけで十分さ」

「ではそのように進めさせていただきます」

レオナールはユキリスとの通話を切り、次の客が訪れるのを待つ。すると人相の悪い男が近づいてきた。

◆

人相の悪い男はレオナールを睨むように見据えると、荷馬車に積まれたパンの山に視線を移す。

「ここが例のパン屋か」

「お兄さんは？」

「見て分かるだろ。冒険者だ。俺の女がお前のパンを食べたいとねだるから買いに来たのさ」

「それは嬉しいな。何のパンを買っていくの？」

「全部だ」

「え？」

「だから全部だ。俺は金を湯水のように持っているんでね。何を買うか選ぶのも面倒だし、全部買ってやるよ」

「それはありがとう……でもお兄さん、そんなお金持ちの冒険者なのに、どうしてこのダンジョンに？」

「な〜に、知り合いの奴隷商人から、このダンジョンにエルフがいると聞いてな。俺はまだエルフを試したことがなくてね。どんな声で鳴くのか、楽しみに来たってわけさ」

「そう。でもあんまり油断していると負けちゃうかもよ」

「負ける？　この俺が？　俺は上級冒険者だぞ。しかも職業は魔法剣士だ。魔法と剣技、どちらにも優れた俺に敵はいねぇ」

「…………」

「どうした、パン屋」

「ううん。なんでもないよ」

「パンは帰る時に買うからここで待ってろよ」

「うん。待ってる」

魔法剣士の男はダンジョンへと入る。その後ろ姿を見届けたレオナールは、魔法水晶でユキリスを呼び出す。

「どうしましたか、旦那様？　もしかして先ほどの冒険者に関する件ですか？」

「いいや。槍のお兄さんについては心配していないよ。というよりユキリスのことだから、きっともう倒しているだろ」

「はい。気絶してしまったので、ゴブリンたちの寝室に寝かせています」

「今回ユキリスを呼び出したのは、また冒険者が来たからだ。しかも今度の相手はゴブリンだと勝てそうにない上級冒険者だ」

「では始末しますか？」

「そうしよう。いつもの通り、ゴブリンメイジの魔法で足止めをしておいて。僕が背後から不意打ちで倒すから」

「了解です」

レオナールは通話を切ると、パンの詰まった荷馬車を置いて、ダンジョンへと入っていく。少し進むと、すぐに先行していた冒険者が姿を見せる。すでに戦闘は始まっていた。

（魔法使い同士の戦いか……）

ゴブリンメイジが放つ炎と魔法剣士の冒険者が放つ炎。それらが衝突して相殺する。魔法の力だけならほぼ互角だった。

（上級冒険者を名乗っていたけど、あのレベルなら下から数えた方が早いな。もしかしたら僕なしでも勝てるかも）

レオナールの期待とは裏腹に、魔法剣士の冒険者は魔法で決着が付かないとみると、身体に見えない盾を張り、炎をガードしてゴブリンメイジへと突っ込んだ。だがそれを阻むように剣と盾で武装したゴブリンが、彼の前に立ちはだかる。

（金貨を投資したゴブリンならあるいは……）

レオナールの期待はむなしく、魔法剣士の冒険者が剣を振るうと、その衝撃を受け止めきれず吹き飛ばされてしまう。幸いにも命は落としていない。レオナールはほっと息を吐いた。

「魔物たちの訓練としてはこれで十分かな」

「誰だ⁉」

ゴブリンメイジにトドメを刺そうとする魔法剣士の冒険者。彼の背後に現れたレオナールに、鋭い視線を向ける。

「さっきのパン屋。なんの用だ」

「ゴブリンメイジは僕の仲間なんだ。離してくれないかい」

「……お前がこのダンジョンの魔人か？」

「そうだよ」

「クソッ、ならエルフはいないのかっ！」

魔人は一つのダンジョンに一種類までが基本である。レオナールがエルフでないことは耳を見れば明らか。魔法剣士の冒険者は落胆のため息を漏らす。

「エルフならいるさ」

レオナールが手を挙げると、ユキリス率いるエルフ隊が矢の雨を降らす。

「チッ！」

魔法剣士の冒険者は炎の魔法を防いだ時のように、背後に見えない盾を作り出した。しかしその瞬間、前方のレオナールによって首を掴まれていた。

「やっぱり見えない盾は一方向にしか発動できないみたいだね」

「ぐっ……は、離せ」

「君の力は僕の役に立ちそうだ。貰っていくよ」

レオナールはマネードレインを強化し、魔法剣士としてのジョブスキルを奪い取る。見えない壁を生み出す魔法や、華麗に振るわれた剣術をまるごと奪い取る。そしてスキルを奪いつくすと、今度は肉体を構成する金を奪い取り、男の肉体はやがてミイラ化した後に消滅した。

「やりましたね、旦那様」

ユキリスが手をパチパチと叩きながら駆け寄ってくる。レオナールたちの完全なる勝利であった。

「あれ？　なんだこれ？」

レオナールはダンジョンに関して違和感のようなものを覚える。その正体は脳裏に刻まれたメッセージであった。そこにはダンジョンレベルが2に上昇したと記されていた。

◆

ダンジョンレベル2への上昇。それはレオナールが最も待ち望んでいた瞬間であった。

「ダンジョンレベルが2になったね。これで色々なことができるよ」

「毎日の収入も増えますからね」

ダンジョンはレベルに応じて硬貨を自然発生させる。レベル1では毎日金貨一枚しか生み出せないが、レベル2になれば、金貨十枚、すなわち大金貨一枚が生み出されるのだ。

「大金貨一枚あれば、上位種のゴブリンメイジを何体も生み出すことができるね」

「魔物の卵を使いますか？」

「ギャンブルになるからね。どうするべきか……」

レオナールは魔王の強化の力によりダンジョンマスターとしての力が向上している。おかげで魔物の卵を孵化させると十回に一度は上位種を引き当てることができるようになっていた。もしこれが強化されていないダンジョンマスターであれば、上位種を引けるのは百回に一度であるため、割の良い賭けではある。しかし確実性のある選択ではなかった。

「魔物の卵を孵化させせよう」

「旦那様の力なら必ずやゴブリンメイジを引き当てられるでしょう」

「今回はそれだと困るな。僕は前衛に特化したゴブリンが欲しいんだ」

「前衛に？」

「うん。後衛はゴブリンメイジがいるし、エルフもいる。けれど前衛ができるのはゴブリンたちだけだ。正直心許ないからね。盾役となるゴブリンを生み出したいんだ」

「ですが旦那様、新種のゴブリンはあまり期待されない方が……」

「分かっているよ。なにせ今までの経験から学んできたからね」

レオナールは今までに三十回魔物の卵を孵化させている。その内、ゴブリンメイジが三体で、ゴブリンが二十七体であった。上位種が三体も出ているのに、すべてゴブリンメイジなのだ。

これには理由がある。魔物の卵はいままで一度も孵化していない魔物が当たりにくくなっているからであった。つまり上位種を引いたとしても、再びゴブリンメイジを引いてしまう可能性は十二分にあるのだ。

「だから僕は少し工夫をしようと思うんだ」

「工夫ですか？」

「うん。お金は必要になるけど、成功すれば今後の戦力をさらに強化できる方法を考えたんだ」

「どうされるのですか？」

「魔物の卵の力を一つに集めるんだ」

レオナールは大金貨を使い、十個の魔物の卵を生み出す。外見からはどれにどの魔物が入っているかは判別できない。

「商人のジョブスキルで魔物の卵を鑑定してみると、魔物を生み出す力が込められていることが分かった。そしてこの魔物を生み出す力は、ゴブリンの卵よりゴブリンメイジの卵の方が大きいことが分かったんだ」

「つまり魔物を生み出す力に応じて、生まれてくる魔物が決められているということですね」

「その通り。そして魔物を生み出す力の源は金だ。即ち、魔物の卵から力を奪い取り、別の卵に移植することで、強大な力を持った卵が生まれるはずだ。これを何度も繰り返すことで、金貨一枚の力しかない魔物の卵十個が、大金貨一枚の力を込めた卵一個に変わるはずさ。もしこの実験が成功すれば安定して強力な魔物を生み出すことが可能になる」

レオナールは成功する確信を抱きながら、魔物の卵に力を集めていく。魔物を生み出す力を失った卵は消失し、莫大な力が込められた卵が一つ完成する。

「では孵化させるよ」

レオナールはダンジョンマスターの力を行使し、魔物の卵を孵化させる。するとゴブリンよりも遥かに大きい。人間の三周りほど大きな巨人が生まれた。

「ゴブリンチャンピオンです、旦那様！」

「僕の実験は成功だ！」

ゴブリンチャンピオン。接近戦に特化し、戦士職の上級冒険者に匹敵する力を有すると云われている。

「これからはゴブリンチャンピオンとゴブリンメイジ。この二種が主戦力だ。ひとまずはこれで凌げると思う。ただ……」

「旦那様は何か心配事でも？」

「いや。もしこのダンジョンにいるのが、ゴブリンチャンピオンとゴブリンメイジだけだと知られれば、対策も容易に打たれると思ったんだ。下級冒険者ならそこまで気にしなくていいし、上級冒険者相手でも対策を打たれるのはまだまだ先だと思う。けど今の内から手は考えておかないと……」

「それでしたら他のダンジョンマスターから魔物の卵を貰ってはいかがですか？」

「他のダンジョンマスターから貰う？」

「そうです。丁度、今晩、ダンジョンマスター同士の会合があります。そこで他のダンジョンマスターから協力を得るのです」

「他のダンジョンマスターか……よし、会ってみよう」

レオナールはまだ見ぬダンジョンマスターたちに思いを馳せる。どんな相手でもうまく立ち回ってやると、彼は商人としての自信を表情に浮かべた。

◆

ダンジョンマスターが集う集会へと参加するため、レオナールはユキリスの案内に従い、ダンジョンコア室を訪れていた。ここはユキリスの邸宅の地下に設置された施設で石造りの階段を下りた先に広がる空間であった。

「他の建物と違って、ここは頑丈に作られているんだね」

「ダンジョンコアはダンジョンの核になるモノですから。ここだけはダンジョン拡張にお金を投資して、用意したのです」

「普通の冒険者ならダンジョンコアを壊すような真似しないだろうけど、どんな変わり者がいるか分からないから、その判断は正しいと思うよ」

「……冒険者はダンジョンコアを破壊しないのですか？」

「しないよ。してもメリットないし、ロト王国はダンジョンで発生したお金が主な収益源だからね。よほどの魔物嫌いとかでなければ壊されることはないよ」

ユキリスは自分の命より大切なダンジョンコアが比較的安全だと知れて安心したのか、ほっと息を吐く。ダンジョンコアを破壊されれば魔人も魔物もすべて消滅してしまうため、常に壊される危機感と恐怖を抱いて生きなければならない。その恐怖が少しでも和らいだのなら教えてよかったと、レオナールは頬を緩めた。

「そろそろ集会が始まる時間ですね」

ユキリスは魔法水晶を使い、遠隔地の映像を地下室全面に映し出す。映像には顔を隠した八人が椅子に座り、こちらの様子を伺う光景が映し出されていた。

「ユキリス、他のダンジョンマスターたちも顔を隠しているけど、僕たちも顔を隠した方が良いのかな」

「ご心配なく。私たちの映像にも認識阻害の魔法が掛けられております。私たちの顔が相手に知られることはありません」

レオナールたちは集会が始まるのを待つ。追加で一人、ダンジョンマスターが姿を現し、集会開始の時間となった。

「ダンジョンマスターの皆さま、お久しぶりです。ユキリスです。今回の集会の議題ですが、我がゴブリンダンジョンのマスターが変更になりましたので、その連絡をしたいと思います」

「僕がゴブリンダンジョンのマスター、レオだ。よろしく」

レオナールはジルと共に魔物を何体も狩ってきた。本名では余計なトラブルを生むかもしれないと、とっさに偽名のレオを使うことを選択する。

「レオ様ですね。お話は聞いております。私はドラゴンダンジョンのマスターであるリュートです。お見知りおきを」

「ありがとう。顔を見て挨拶したいけど、見せない方が良い理由があるんだよね」

「ええ。ダンジョンマスターが誰かという情報は貴重です。もし敵対する者に正体を知られれば暗殺の危険もあります。ですので慎重な者であれば顔どころか名前さえ隠す者までいます」

「名前を隠すことに意味はないと思うけどね」

　顔と違い、名前はいくらでも偽装できる。知られたところで、そこから個人に結び付けるのは困難だ。

「そうとは限らないわよ」

　リュートの隣にいた狐耳のシルエットの女性が異論を唱える。

「失礼。私はタマモ。狐型の魔物フォックスが暮らすダンジョンの長よ」

「よろしく。で、教えて欲しいのだけれど、そうとは限らないとはどういうこと？」

「鑑定スキル持ちの中には名前から顔や能力を導き出す者もいると聞いたわ。例えば商人の鑑定能力だとそういうことができるかもしれないわよ」

「商人はジョブスキルとして鑑定を使えるけど、さすがに名前から顔を特定するのは無理だよ。それに君、鑑定の危険性を危惧しているなら名前を教えても大丈夫なの？　おそらく偽名だとは思うけど」

「うふふ、タマモは本名よ。あと商人のジョブスキルの鑑定は、名前から顔を特定することができないことは知っていたわ」

「……ならなぜあんな嘘を？」

「その質問に答える前に、あなた随分と商人のジョブスキルについて詳しいのね？」

「なっ！」

レオナールは驚愕でゴクリと息を呑む。ジョブクラス。それは顔以上に露呈されたくない情報だ。例えば魔法使いなら接近戦を、剣士なら遠距離攻撃を行うといった、弱点に合わせた戦略を取ることができるからだ。

「私はあなたに興味があって調べてみたの。するとゴブリンダンジョンに凄腕の商人がいるとの情報を手に入れたわ。もしかしてあなたがその商人なんじゃないの？」

「……その質問に答えてもいいよ。けど僕の職業を教える代わりに、魔物の卵が欲しい」

「え⁉」

レオナールの反撃にタマモは言葉に窮する。彼の逆転劇が始まろうとしていた。

◆

「職業と卵一つを交換ね……十中八九、あなたの職業は商人だと睨んでいるわ。この状況で交換する価値が本当にあるのかしら？」

「あるよ。きっと君は聞いておいた方が良い」

「……魔物の卵一つで本当に良いの？」

「うん。情報の価値としては破格でしょ？」

「そうね……乗ったわ、その取引」

予想通りの展開にレオナールは頬を緩める。

（タマモさんからすれば魔物の卵は惜しくない。この取引を呑むのは当然）

フォックスの卵の値段にもよるが、どれほど高くとも大金貨を超える価格になることはないし、卵は孵化するとライバルの戦力を強化することに繋がるが、それも魔物の卵から孵化する魔物のほとんどが最弱の魔物だと考えればさほど痛手ではない。

それに対してダンジョンマスターの職業に関する情報は価千金、本来なら魔物の卵一つで手に入る安い情報ではない。損得だけを考えるなら、交渉を呑むのは当然なのだ。

（タマモさんは僕が魔物の卵を強化できることを知らない。フォックスダンジョン最強の魔物を召喚してやる！）

レオナールは笑顔を張り付けたまま、タマモに先に卵を渡すよう催促する。彼女が手を振ると、レオナールの脳裏に『贈り物を受け取るか？』というメッセージが浮かぶ。同意すると、彼のいる場所に突如、魔物の卵が出現した。

「どうやって僕に卵を渡したんだい？」

「ダンジョンマスターの権限よ。他のダンジョンマスターに対して通信や物資のやり取りができるの。知らなかったの？」

「そんなこともできるんだね。参考になったよ」

「……まぁいいわ。あなたの職業、教えなさいよ」

「焦らなくても教えるよ。ただあまり広められたくないからね。伝える相手は限定したい。僕の職業を知りたい人は他にいるかい？　代金は卵一つだ」

「俺にも教えろ」

「君は？」

「俺はアンデッドダンジョンのダンジョンマスター、ガイアだ」

ガイアは顔こそ分からないが、地の底から響くような声が不気味さを感じさせた。

「ガイアさんね。これからよろしく。君も卵を送ってくれるかい」

「ほらよ。受け取りな」

空中に魔物の卵が出現する。欲しいモノが得られたことにレオナールは満足する。

「他にはいないかい？」

「私はレオ様のダンジョンと同盟を結んでいます。その際にあなたの職業についてはユキリス嬢より聞いております」

「そうなの？」

「申し訳ございません、旦那様。リュート様と同盟を結ぶためには、旦那様の職業に関して開示する必要があったのです」

「気にしてないよ。同盟を結ぶために必要だったんでしょ？」

「はい。同盟により私たちはリュート様から情報提供や資金提供などを受けていました」

「ユキリス嬢からレオ様の存在は聞いておりました。いつかダンジョンマスターとして戻ってこられると。その瞬間を夢見て、少しばかりの手助けをさせていただきました」

「手助けは資金で提供してくれたんだよね？」

「はい。ドラゴンを貸し与えると、上級冒険者が討伐に来る可能性がありますから。そのために独力で解決できるよう資金をお渡ししていました」

「ありがとう。ユキリスの代わりに礼を言うよ」

「お気になさらず。レオ様がこうしてダンジョンマスターとして復活するところを見ることができましたし、それに何より手助けの対価としてユキリス嬢から魔物の卵をいくつか頂きましたから」

「ゴブリンの卵が役に立ったの？」

「はい。我々ドラゴンは一体ごとの力は強力なのですが、数を揃えることができません。安くて大量に生み出せるゴブリンは私が最も欲していた卵でした」

「喜んで貰えたなら良かったよ」

「私はゴブリンの卵に何度も助けられました。それにレオ様がダンジョンマスターになられたことで、上級冒険者とも互角に戦えるでしょう。故にレオ様のダンジョンマスター就任祝いも兼ねて、私もドラゴンの卵を送りましょう」

「本当に！　それは嬉しいな！」

リュートもまたレオナールに卵を送る。最も手に入れたいと願っていたドラゴンの卵に、レオナールは緩んだ頬を抑えることができなかった。

「三人以外はひとまず退室してもらってもいいかな。対価を受け取った人だけに情報を伝えたいから」

レオナールの言葉を受けて、リュート、タマモ、ガイアを残し、ダンジョンマスターたちは姿を消す。

「待たせたね。僕の職業を君たちだけに教えるよ。僕の職業は魔王だ！」

レオナールの宣言にタマモとガイアは黙り込む。突然魔王だと名乗りをあげられて信じることができるほど、二人は純粋ではなかった。そこにリュートが助け船を出す。

「私からも一言。二人は知らないでしょうが、私は魔王軍の幹部だったのでベルゼ様の顔を知っています。故にレオ様が魔王なのは間違いないと分かります。なにせベルゼ様にそっくりですから」

リュートのお墨付きにより、二人は魔王であることを信じることに決めたのか、疑いの言葉を口にすることはしなかった。

「先代魔王ベルゼの息子ね。ダンジョンマスターの職業情報が得られたから戦いを有利に進められると思ったけど、魔王じゃ大して役にたたないわね」

魔王の職業は剣士や魔法使いのような一般的な職業ではないため、対策方法も確立されていない。そのため職業を知られたことに対する痛手はほとんどなかった。

「あ～残念だわ。もしダンジョンマスターが商人なら、あわよくばゴブリンダンジョンを私の領地にしようと思っていたけれど、これは難しいかもしれないわね」

「え？　ダンジョンは奪えるの？」

「双方の同意が必要だけど、ダンジョン同士の総力戦、ダンジョンバトルを行い、勝利すれば相手のダンジョンを自分の支配下に置くことができるのよ」

「それは面白いシステムだね」

ダンジョンを奪うことができれば、毎日の収益に加え、魔物の軍勢やダンジョンという拠点が手に入る。可能であれば誰かから奪いたい。そう願っているとき、ガイアが声をあげた。

「俺はタマモとは違う意見だ。こいつ相手なら楽に勝てると、確信しているぜ」

「へぇ～、僕は魔王だよ。それでも勝てる自信があるんだね」

「先代の魔王は確かに凄かった。しかし息子のお前は人間の血が混じったカスだ。しかも魔物はゴブリンばかりときているし、魔人はエルフだ。俺はエルフ共に奉仕させるのが夢だったんだ。こんな美味しいダンジョン、見逃せるはずがねぇだろ」

「でもダンジョンバトルは互いの同意がいるんだろ？」

「逃げるのかよ？　魔王の職業を持つお前が？」

「逃げないさ。ただ僕はやりたくないことをやらされるんだ。いくつか条件を付けさせてもらうよ」

「おう。言ってみろ」

「まず互いに他のダンジョンマスターから力を借りるのはなしだ」

「いいのかよ？　リュートはお前の味方だろ？」

「リュートさんと僕が同盟を結んでいることを知っていてダンジョンバトルを挑んできたんだ。きっと君も別の誰かと同盟を結んでいるんだろ。第三者に出てこられると面倒だからね」

「いいぜ。俺にとっても願ったりな条件だ。他には？」

「日時の指定だ。ダンジョンバトルの開始は三か月後とさせてもらうよ」

「三か月だぁ！　随分と長いな」

「戦力強化が必要なのでね」

「いいだろう。他にはあるか？」

「そうだね。最後の条件だけど、今回のダンジョンバトルは僕が喧嘩を売られた被害者だ。だから試合を受ける代わりに、お金が欲しい」

「いくら必要なんだ？」

「白金貨一枚で手を打つよ」

レオナールの提示した白金貨一枚は決して高い金額ではない。ガイアにとっては十分に払える金額であり、ダンジョンを奪えば、その何倍もの収益を得ることができる。

「いいぜ。払ってやるよ」

「ありがとう。これで試合に対する条件は出揃ったね。で、ルールはこうだ。配下の魔物と魔人を送り込み、ギブアップするか、ダンジョンマスターが敗北すると負け。あとはそうだな、ダンジョンコアを破壊してはならないもルールに加えようかな」

「最後に自爆されても困るからな」

もう勝てないと諦めて自分のダンジョンコアを破壊する。そういったことが行われないための予防線だった。

「ダンジョンゲートは互いのダンジョンの入口前でいいか？」

「ダンジョンゲート？」

「ダンジョン同士を結ぶ魔物や魔人が移動するための扉だ」

「入口でいいよ」

「決まったな。ゴブリンを殺し、エルフを支配下に置く。三か月後が楽しみだぜ」

「僕も君のようなゲスを倒せると思うと、本当に楽しみだよ」

ガイアの勝ち誇った笑いとは対照的に、レオナールは控えめな笑みを浮かべる。彼の頭の中ではすでに勝利への方程式ができあがっていた。

◆

ダンジョンマスターたちの集会はその後も続き、一通りの議論を終えたところで終了する。レオナールにとって情報と魔物の卵、両方を得られた有意義な会合であった。

「それにしてもダンジョンマスターはどの人も一癖ある人たちばかりだね」

「ガイア様のように我々のダンジョンを狙っている者もいますから」

「でもラッキーだ。まさかダンジョンバトルを挑んで貰えるなんてね」

「旦那様は勝算があるのですよね？」

「さすがにないと受けないよ。まずは勝算を少しでも上げるために、貰った卵を孵化させようか」

「はい」

レオナールはフォックスの卵を手に取り、鑑定スキルで中身を確認する。

「たいした魔物の力は込められていないから、このまま孵化させると下級の魔物が生まれる。ガイアさんから頂いた白金貨一枚分の力をすべてこの卵につぎ込もう」

「良いのですか？　私としてはドラゴンの卵に力を与えた方が……」

「リュートさんとは同盟を結んでいるから、いつかまたドラゴンの卵を手に入れる機会があるかもしれない。けれどフォックスの卵は今後手に入るか分からないからね。だからドラゴンではなく、フォックスの卵に白金貨すべてを費やすんだ」

「なるほど。そういうことでしたら納得です」

レオナールは白金貨一枚分の魔物の卵を生み出し、そこから力を吸収すると、そのすべてをフォックスの卵に注ぎ込む。卵には彼が今まで見てきたどんなモノより大きな力が込められていた。

「さて孵化の始まりだ！」

レオナールは卵を孵化させる。すると九本の黄金色の尻尾を持つ狐が生まれる。

「旦那様、やりましたね。九尾の狐です！」

「ユキリスは知っているの？」

「はい。フォックスの中では最強と云われている魔物です。タマモさんですら所有していないと仰っていました」

「そいつは凄いや。で、九尾の狐はどんなことができるの？」

「私が知りうる限りだと、炎の魔法や幻覚魔法、さらに単純な身体能力だけでもゴブリンチャンピオンの数倍はあります」

「僕のダンジョンのエースだね。この子を守りの要にしよう」

九尾の狐が生まれたことで、レオナール不在時のダンジョン防衛に対する不安が減る。これにより彼はレオナール商会など外部組織との連携をさらに取りやすくなることができた。

「次はどの魔物を孵化させますか？」

「ドラゴンは最後に残しておきたいからね。次はアンデッドの卵だ。こいつは少し工夫しようと思う」

「工夫ですか？」

「マネードレインの力を使ってアンデッドの特性をゴブリンの卵に移植する」

「つまりアンデッドの特徴を持ったゴブリンを生み出すと？」

「うん。ゴブリンの安くて連携を取れるという長所とアンデッドの物理無効や透明化なんかの長所が両方活かせる魔物になってくれたらラッキーだね。早速試してみよう」

レオナールはアンデッドの卵から特性と魔物を生み出す力を吸い取り、ゴブリンの卵に移植する。その卵を孵化させると、彼の予想していた通りの魔物が姿を現した。

「アンデッドゴブリンの誕生だ」

ベースはゴブリンだが、身体が幽霊のように半透過しており、アンデッドの特徴をしっかりと引き継いでいた。

「鑑定で調べてみたけど、透明化や幽炎という炎の魔法を使えるようだね。これは貴重な戦力だよ」

しかもアンデッドゴブリンは、魔物カタログで生成する際に必要な費用が、ゴブリンメイジ以下の比較的安い価格設定になっていた。

「最後にドラゴンだね。ドラゴンも卵から大きな力を感じられない。最弱のドラゴンは何だっけ？」

「確か……ベビードラゴンのはずです」

「ベビードラゴンを孵化させるのは少し勿体ないね。この卵はゴブリンと合わせた方が良さそうだ」

レオナールは同じ手順でドラゴンの特性と力をゴブリンの卵へと移植する。卵を孵化させると、小さなドラゴンに跨るゴブリンが姿を現した。

「ゴブリン竜騎兵か。ドラゴンの方はベビードラゴンにしか見えないけど、上のゴブリンはしっかりと騎乗スキルを保有しているね」

「ゴブリンは仲間内で連携を取ることができますから。ゴブリンが乗っていることの利点は大きいですよ、旦那様」

「だね。斥候などにも使えそうだ」

「これでガイア様を倒せそうですね」

「いいや。そんな簡単ではないさ。なにせアンデッドダンジョンは上級冒険者のグループが踏破することには成功しているけど、最後にはガイアさんの手で壊滅させられていたはずだからね」

　レオナールは冒険者時代の記憶を探る。アンデッドダンジョンマスターのガイアを筆頭に強力な戦力が何人も揃っており、魔物たちの統制も取れている高難易度ダンジョンの一つであった。

「さらにアンデッドダンジョンは豊富な資金力を有している点も厄介だね」

「ダンジョンレベルが高いのですか？」

「いいや。ダンジョンレベルはさほど高くない。アンデッドダンジョンは他に資金源があるのさ」

「資金源ですか？」

「うん。普通のダンジョンマスターは魔物をダンジョンの外に出さない。けれどガイアさんは人間の村を魔物に襲わせ、奪った金品を元に魔物を生み出しているんだ」

「そんなことをすれば討伐隊が結成されるのではありませんか？」

「ガイアさんはそこを上手くやっていてね。襲うのは異民族の村ばかりだったんだ」

　異民族とはロト王国以外の国から王国へと移民してきた者たちのことであり、彼らは国から安全の保障を受けていない。つまり襲われたとしても、王国騎士団が討伐に動くことはないのである。

「アンデッドダンジョンは第三者視点から見ると優れた運営をしている。ダンジョンマスターの経営力が優れていることが良く分かる」

「旦那様……」

「でも僕の敵じゃない。こちらには必勝法があるからね」

レオナールは必勝法をユキリスに語る。彼女はその悪魔的な戦略に戦慄するのであった。

第三章　〜『都市長選の始まり』〜

首都エイトのレオナール商会。そこにレオナールとモーリー、そしてメリッサの姿があった。

三人は円卓を囲むように、椅子に腰かけている。

「坊やからの呼び出しとは珍しいね。何か頼みごとかい？」

「実はそうなんだ。二人にお願いしたいことがあって……」

「レオ坊の頼みはおおよその予想は付いている。ずばり首都エイトの都市長選挙に関する話だろ」

「うん。その通りだ」

都市長選挙。それは首都エイトに住む住民の投票により、都市の代表者を決める選挙である。

選挙権は三年以上住んでいれば、貴族でも平民にも平等に与えられる。立候補も選挙権がある者なら誰でもできるが、供託金として白金貨十枚が必要であり、一般的な平民では用意するのが難しい金額が設定されていた。

「で、どちらを懐柔するんだ？」

「ん？　どちらとは？」

「決まっているだろ。貴族のクリフか、騎士のゲイルだ」

「貴族のクリフさんと騎士のゲイルさんね。確か都市長選挙の二大候補だよね」

「そうさ。貴族のクリフは貴族票を集めている。平民の中でも入れる奴は大勢いるはずだ」

「だろうね」

「ちょいと待っておくれよ、坊や、モーリー。貴族に平民が投票するのかい？　そいつらは平民の候補者に投票しないのかい？」

「メリッサ。その答えは簡単だよ。平民の候補者にまともな人間がいないからさ」

選挙とは結局のところ人気者を決める戦いだ。名前の知られていない平民の候補者と、名前を知っている貴族なら、後者に投票する者が多いのも当然だ。

「特に平民は立候補者が多い。供託金が白金貨十枚と高額でも、集めてくる者は集めてくるからね」

「しかも平民の候補者はきな臭い噂を持っている奴らばかりだ。高利貸しや悪徳商人、他には奴隷商人なんかだな。まっとうな手段で白金貨十枚はハードルが高いから、仕方ないとも言えるが……」

「とにかく平民側の候補者は人気がなく、数も多い。誰に投票すればいいのか定まっていないから、票が固まることはない。それに貴族のクリフさんは平民から愛されている良き領主だという話だしね」

「貴族に良き領主なんているのかしら？」

「クリフさんが本当に良き領主なのかは、領民でない僕には分からない。けど平民からの人気は凄いよ。選挙戦に合わせたように領地での減税政策を行ったりもしていて、その人気はうなぎ登りだ」

「レオ坊はクリフが本命なのか？」

「違うよ」

「なら聖騎士ゲイルか。確か若くして聖騎士団の百人長に就任したエリートなんだよな」

「らしいね。聖騎士団の票はすべてゲイルさんに集まるだろうね」

「あいつら数が多いからな」

「王国騎士団と聖騎士団は互いに協力関係にあるから、王国騎士の票もゲイルさんに向かう。付け加えるなら平民からの票も厚いはずだよ」

「聖騎士団は首都エイトのヒーロー様だからな」

聖騎士団は街の治安維持を担っており、命を救われた者も大勢いる。そのような聖騎士団に恩を感じている平民がゲイルに票を投じれば、その数は膨大なモノになる。

「話を聞けば聞くほど、どちらかの候補で決まりって感じがするな。で、最初の質問に戻るがレオ坊はどちらを懐柔するんだ」

「どちらも懐柔しないよ。僕は第三の道を選択する」

「第三の道？　ってことは泡沫候補から俺たちの駒として動く人間を選ぶってことか？」

「いいや。今回の都市長選。モーリーに立候補してもらう」

「なんだと！」

レオナールの言葉にモーリーとメリッサは驚愕の表情を浮かべる。彼らも想像すらしていな

かった選択に言葉を失うしかなかった・

「どうしたの？　黙り込んじゃって」

「坊や。モーリーが都市長になれると本気で信じているのかい？」

「信じているさ。僕はモーリーのことを尊敬しているからね」

「レオ坊、そうは言うが俺が都市長に選ばれるはず……」

「可能性はあるさ。モーリーは男気があって街の人たちから好かれている。それに民衆は君のような力強いリーダーを求めている。身分も平民だし、きっと人気者になれる」

「そうは言うが、貴族のクリフと騎士のゲイルも平民からの人気が――」

「潰せばいい」

「は？」

「だから有力候補がいるせいで、モーリーが都市長になれないのなら潰せばいいんだよ。そもそも僕は人間を信頼しちゃいない。何の裏もない人間なんていないはずさ」

「……もし裏がなければ？」

「その時は懐柔策に変更しよう。ただ僕はね、彼らからクズの匂いを感じるんだ。きっとこの勘は当たっている。僕に任せておいてよ」

「レオ坊がそういうなら……」

モーリーは渋々ながら都市長選挙への参戦に同意する。権力を手に入れるための戦いが始まったのだった。

◆

モーリーを都市長選挙の候補者にする。そう決めた三人はレオナール商会でさっそく選挙対策会議を始めた。

「坊や、モーリーを都市長にするにはまず顔をどうにかしないと」

「なんだとっ！」

「モーリー、あんたの顔は品がなさすぎるんだよ。その禿げた頭をカツラで隠すところから始めるとしようかい」

「メリッサ。男は顔じゃねぇ！　中身だ！　中身が一番重要なんだよ！」

「私はモーリーの言うことを否定するつもりはないよ。けどね、中身を知ってもらうのはそう簡単じゃないんだよ。それに女は禿げた親父に投票しないよ。スマートで品のある候補者に投票するもんさ」

「そんなことねぇよ。レオ坊からも何か言ってやれ」

「僕はメリッサの言うことに一理あると思うよ。モーリー、君だって能力が同じ候補者が二人並んでいて、片方がゴリラのような女性で、もう片方が美女ならどちらに投票する？」

「後者だ……」

「それに顔は重要さ。なんたって十年近く尽くしてきた幼馴染に、顔を理由に捨てられた男がいるくらいだからね」

「うっ、レオ坊が言うと説得力が違うな……分かったよ。カツラを被る」

「あとモーリーはもう少しスマートになった方が良いねぇ。あんたは筋肉も凄いけど脂肪も凄い。シュッとしたマッチョになれば、きっと今以上に魅力的になれるはずさね」

「女にもモテるか？」

「再婚相手も見つかるかもね」

「よっしゃあああっ、任せておけ！」

モーリーはまだ見ぬ再婚相手を思い浮かべ、嬉しそうに頬を緩める。表裏のない素直な笑顔だった。

「モーリーの肉体改造は私に任せな」

「メリッサ。お前……」

「まず酒は禁止だ。食事も私が作る。あとジョギングを三時間日課にしようかしら」

「うげえええっ」

「安心おし。モーリー、あんたの肉体改造、私も付きあってあげるわ」

「いいのかよ？」

「あんた一人だと続かないでしょう」

「メリッサ、本当、お前は良い女だな」

「褒めても何も出ないよ」

それから三人はモーリーの肉体改造計画を細かく詰めていく。投票日当日までには引き締まった肉体が完成している予定だった。

「そういや選挙の投票日はいつだった？」

「約三か月後だね」

「やらないといけないことが色々とありそうだな」

「事務手続きや選挙活動。やることは色々さ。でも何より重要なのは――」

「公約だな。だがどんな公約にすればいい？」

「できれば平民に媚びるようなモノを打ち出して欲しい。モーリーの支持層は平民だからね。あと実現可能性なんかは考えなくていいからね」

「そんな適当でいいのかよ？」

「公約は守る義務はないからね。重要なのは、都市長になった後に何をするかだよ。だからモーリーが叶えたいと思っている夢があれば、実現性なんか気にせず純粋にそれを伝えるといいかもね」

「夢か？」

「例えば税金を少なくしたいとか、犯罪者を減らしたいとか。なんでもいいよ。何かないの？」

モーリーはしばらく考え込むと、ふと思いついたように顔を上げた。

「医療費の無料化でどうだ……俺は娘が病気の時に薬代が稼げなく死なせるところだった。あの時はレオ坊が助けてくれたが、もし俺と同じような境遇にいる奴がいるなら、今度は俺が助けてやりたい」

「いい公約だね。病気で苦しむ平民は多いから、きっと心を打つよ」

「そうか？」

「きっとそうさ。さて、これで公約は決まった。ここからが一番大事なところだ」

レオナール先ほどまでの柔和な笑みを崩して、口元に不気味な円弧を描く。そしてはっきりと口にする。

「有力候補の二人を潰す作戦を開始しよう」

◆

レオナールたちは都市選挙の有力候補であるクリフと会うために彼の邸宅を訪れていた。

その建物は門から歩いていける距離になく、荷馬車を走らせなければたどり着けないほど広い敷地の中に建てられている。自然の中に調和するような煉瓦造りの邸宅は、息を呑むほどに美しかった。

「さすが貴族の住む家、随分と豪勢な建物だな」

「とんでもなく金持ちのようだね……」

「これは坊やの言う通り、何か裏があるかもねぇ」

モーリーとメリッサはレオナール商会の伝手を使い、再びクリフに関して調査した。そこで分かったことは彼が清廉潔白な男で、税金で得る収入もさほど多くないということだった。

「市民に優しい領主。それは素晴らしいことだと思う。けどあんなに安い税金でこんな豪邸を維持できると思うかい？」

「無理だな。最低でも税収の三倍の収入がないと不可能だ」

「モーリーの言う通り、税収だけだと不可能なはずなんだ。しかも帳簿の上では、他に副収入があるわけでもない。きっと表に出せないような何かを裏でしているんだよ」

「坊や、そういえばクリフの情報で気になることがもう一つあったよ」

「気になること？」

「犯罪奴隷を何人も購入しているそうさね。その購入費用を被害者遺族の賠償金に充てていることも、評価を高める一因になっているそうよ」

犯罪奴隷はその名の通り罪を犯した者が罪を償うために奴隷として働く制度のことである。

犯罪奴隷は競売に掛けられると、その競り落とされた金額が、被害者遺族に支払われるようになっていた。

「お待たせしました、お客様」

屋敷の中からメイド服を着た女性が姿を現す。三人の顔に視線を巡らせると、柔和な笑顔を浮かべて一礼した。

「謁見を申し込まれたモーリー様はどちらの方でしょうか？」

「俺だ」

「これは失礼しました。主人がお待ちです。どうぞ」

メイド服の女性に案内されて屋敷の中へと入っていく。屋敷の中も外観と引けを取らない絢爛さで、調度品一つ一つまでこだわり抜かれていた。

「屋敷の中が気になりますか？」

「随分と豪華ですから」

「貴族の邸宅の中でもこのお屋敷は格別でしょうからね」

「……その口振りだと、お姉さんは、他の貴族の屋敷を知っているの？」

「はい。私も元は貴族の一員でしたから？」

「それがどうしてメイドなんかに？」

「罪を犯して奴隷になったのです……そこを主人に救っていただき、ここでメイドをさせていただいております」

「クリフさんは素晴らしい人のようだね」

「それはもう！　私のような奴隷にも優しくしてくれて、世界で最も尊敬している男性です」

「へぇ～、身内にも尊敬されるなんて凄いなぁ～」

レオナールは身内であればクリフの裏の顔を知っているのではと思っていた。しかし彼女の反応を見るに、本当に知らない様子である。裏の顔が存在すると仮定すると、クリフという男の用心深さを垣間見た気がした。

「主人はこちらです」

通された部屋の椅子に腰かけていたのは白髪の老人だった。顔や身だしなみは貴族らしい品が滲んでおり、初対面の相手に好印象を抱かせる。

「俺がモーリーだ。今日は会ってくれたことを感謝する」

「いえいえ。同じ都市長選挙の候補ですからライバル同士、仲良くしましょう」

クリフとモーリーは互いの健闘を祈り握手する。彼は続くようにメリッサとレオナールにも握手を続けた。

「で、本日はどのようなご用件で？」

「宣戦布告の挨拶をしに来た。だよな、レオ坊」

「うん。僕はクリフさんに潰れて貰おうと思っているんだ」

「随分と物騒ですね？　暴力でも振るわれるのですか？」

「そんなことしないよ。もしそんなことをすれば、クリフさんの仲間たちが動くだろう」

「仲間？　はて何のことですか？」

「とぼけないでよ。あの件だよ」

「はて？　あの件？」

「第三者もいるようだし、何のことかは言わない方がいいよね。でもこれだけは言わせてほしい。僕らはこの選挙で勝つつもりだ。即ちクリフさんにも勝てると思っている。これがどういう意味か分かるよね」

レオナールはメイドの女性に視線を送り、彼女がいるから真相を話せないと合図を送る。クリフは合図を受けると、柔和な笑みを崩して、鋭い眼光をレオナールへと飛ばす。

「……お客さんはお帰りのようだ」

「クリフさん。選挙当日を楽しみにしていてね」

「ああ。楽しみにしておくよ」

レオナールたちは屋敷を後にする。布石は打ったと、彼は口元に笑みを浮かべるのだった。

◆

屋敷からの帰り道の荷馬車の中、レオナールは満足げな笑みを浮かべ、メリッサとモーリーは表情に疑問を浮かべていた。

「坊や、そろそろ教えて頂戴な。あの件とは何のことだい？」

「それは俺も気になっていたぜ。いったいどこでクリフの情報を掴んだんだ？」

「知らないよ。ただのカマかけだからね」

「は？」

「でも効果は大だよ。なにせあの反応だ。裏で何かしていると白状したようなものさ。僕らが勝算もないのに選挙に立候補してきたこともハッタリの信憑性を上げる要因になっていたのかもね」

「だとしても、これからどうするんだ？　俺たちの打てる手はないぜ」

「僕たちは何もする必要ないよ。アクションは向こうが起こしてくれるだろうからね」

「どういうことだ？」

「クリフさんは僕たちが秘密を握っていると信じている。それが暴露されると困るわけだ。なら暴露される前に何とか対処しようとするだろ。例えばそうだね。僕がクリフさんの立場なら、道中で事故に見せかけて口封じするよ。おっと、どうやら動きがあったようだね」

何かのトラブルに巻き込まれたのか、荷馬車が急停止する。レオナールたちが荷馬車の外に出ると、人相の悪い男たちが行く手を阻んでいた。

「メリッサさん。こいつら」

馬を引いていたレオナール商会の従業員が困ったような表情を浮かべる。恐怖を顔に出さないだけたいしたものだと、レオナールは感心した。

「あんたは荷馬車の中に隠れていな」

「は、はい。メリッサさん」

従業員の男が荷馬車の中に隠れたのを確認すると、レオナールは一歩前に出る。

「メリッサとモーリーは手を出さなくていいよ。僕がやる」

「こいつ、僕がやるだってよ、かっわい〜」

「随分と舐められたものだね。君たちは山賊かな」

「見れば分かるだろ」

「そうだね。見れば分かる」

レオナールは商人のジョブスキルである鑑定を発動させ、山賊たちの職業を確認する。そこに記されていたのは山賊ではなく、聖騎士の三文字であった。

「君たち、聖騎士なんだね」

「……なぜ分かった?」

「僕は商人だからね。鑑定スキルを使ったのさ」

「お前商人かよっ！　雑魚じゃねぇか！　職業がバレて焦ったが、よくよく考えれば全員殺せば関係ねぇな！」

山賊の恰好をした聖騎士たちが剣を抜いて、じわりじわりと近づいてくる。

「おい、レオ坊。一人で本当に大丈夫なのか？　俺たちも……」

「いいよ、いいよ。こいつら弱いし」

レオナールが余裕の表情を浮かべていると、聖騎士の一人が斬りかかる。しかし刃が彼に届くことはなく、男は顔を吹き飛ばされていた。

「嘘だろ……」

「次の犠牲者は誰かな？」

「ぜ、全員だ。全員で一気に行くぞ」

聖騎士の一人がそう叫ぶ。しかし全員で襲うことは不可能になった。なぜなら呼びかけた男の仲間はすべて顔を吹き飛ばされてしまったからだ。

「お、俺たちの仲間が……商人に敗れるはずが……」

「聖騎士の職業が自慢なようだけど、自分の未熟さが理解できたかな」

「…………」

「さて、残るは君一人だ。なぜ君だけを生かしたか分かるかい？」

「俺がこいつらのリーダーだからか？」

「鑑定スキルで君たちのジョブレベルは把握していたからね。君が最も強い。だからリーダーは君だとすぐに分かったよ。でもそれだけじゃない」

「どういうことだ？」

「君は珍しいスキルを持っているね。聖騎士の祝福。スキルを保有しているだけで、自動で戦闘能力を底上げしてくれるんだろ」

「俺がスキルを保有していることがお前に何の関係がある」

「それはね……」

レオナールは聖騎士の男の顔を掴むと、地面に叩きつける。そして彼に馬乗りになると、マネードレインを発動し、聖騎士の祝福のスキルを奪い取る。

「お、身体が軽くなった。良いスキルだね」

「ま、まさか、俺のスキルを……」

「奪った。そしてスキルの次は情報だ」

「情報？」

「君の知っていることはすべて話してもらうよ。な～に、君の意思は関係ない。君は自分からペラペラと話したくなるだろうからね」

レオナールは不気味な笑みを浮かべると、男は小さく悲鳴を漏らした。

◆

レオナールは馬乗りになった聖騎士の顔に拳を打ち込む。鼻血を垂らしながら、男は恐怖で顔を歪ませる。

「さて色々と聞きたいことがあるんだけど、まずは簡単な質問からしようかな。どうして僕らを襲ったのかな？」

「か、金に困ったからだ」

「君のジョブレベル、かなり高いよね。金に困っていると思えないけど」

「うっ……」

「それにどうして聖騎士の人が山賊の恰好をしていたのかな。もしかして聖騎士だとバレると困るとか？」

「う、うるせぇ、どんな格好をしていようが俺たちの勝手だろ」

「……まだ立場が理解できていないようだね」

レオナールは聖騎士の男に拳を打ち付ける。その鋭い痛みに、男は次第に顔を歪めていく。

「わ、悪かった。もう止めてくれ」

「すべてを話す気になったかな」

「それは……」

「そうだな……もし本当のことを話してくれないなら、マネードレインで君が今まで課金してきた金をすべて頂こうかな」

「えっ……」

「ついでに両腕両足も捥《も》いでおこう。五体を満足に動かせず、課金もゼロの無能になり下がるんだ。これから君は素敵な人生を送ることになるよ」

「た、頼む。それだけは許してくれ……」

「ならすべてを話してもらうよ」

「分かった……」

観念したのか、聖騎士の男は重たい口を開く。

「俺たちは貴族のクリフから雇われた聖騎士だ。正確にはクリフから俺たちのボス、ゲイル百人長に依頼があった」

「それは興味深いね」

貴族のクリフと聖騎士のゲイルは二大候補であり、互いにライバル関係のはず。その二人が協力関係にあるという情報は、レオナールでさえ知らないことだった。

「二人はあるビジネスで繋がっていて、今回の都市長選挙もそのビジネスを円滑に進めるための方策だと聞いている」

「ビジネスとはなにかな？」

「俺も知らない。ただ奴隷に関連するビジネスだと聞いている」

「知っている人は誰かな？」

「……詳細まで知っている人間はクリフとゲイルの二人。それ以外にもいるかもしれないが、俺は知らない」

「……ふぅ～ん、クリフさんを落とすのは大変そうだからね。まずはゲイルさんに聞いてみようかな」

貴族よりは聖騎士団の百人長の方が扱いやすいと判断し、レオナールは戦略を頭の中で展開する。

「ゲイルさんについて他に知っていることはあるかい？」

「……俺が知っているのは犯罪奴隷のコレクターだってことくらいだ」

「コレクター？」

「そう。美女の犯罪奴隷を何人も囲っているって話だ。その中には貴族の娘もいて、聖騎士団の中でも羨ましがられていたな」

「ありがとう。話が繋がった気がするよ」

「なら俺を解放してくれるんだな」

「うん。人生からね」

「ど、どうして、俺はすべてを話したはずだ。それに傷つけないと約束したはずだぞ」

「君は僕たちを殺そうとしただろ。僕は君のような悪党が嫌いなんだ。それに約束の内容は腕と足をもいだ後に無能にすることはしないと約束しただけで、命を奪わないとは一言も言っていないよ」

「な、なんだと！」

「じゃあね。仲間の聖騎士たちと仲良くね」

レオナールは聖騎士の男の首を捻ると、男は苦痛なく絶命した。息絶えた彼の顔を冷酷な笑みで、レオナールは見下ろす。その顔は虫の死骸でも見るような表情だった。

◆

レオナール商会へ戻った三人は円卓を囲みながら、今後の作戦について相談していた。

「レオ坊、メリッサ、クリフとゲイルの奴らが進めている奴隷ビジネスってなんだと思う？」

モーリーは自分でも考えてみたが、クリフとゲイルが協力して進めるビジネスの正体についても見当すら付かなかった。

「私もさっぱり。坊やなら何か分かるんじゃないかい？」

「確証はないけど。それでもいいのなら……」

「教えてくれ」

「頼むよ、坊や」

「なら奴隷ビジネスについて分かっていることを整理しよう。クリフさんとゲイルさんが関わっているのは犯罪奴隷に関するビジネス。これは重要な情報だね」

奴隷には三種類存在する。一つは戦争奴隷。戦争で捕虜になった敵国の兵士などが奴隷となる。反抗心は高いが、腕の立つ奴隷が多く、人気も高い。

二つ目は魔族奴隷。ダンジョンで捕まえた魔人の奴隷である。エルフ族やサキュバス族などが特に人気が高く、人間より長生きすることから値も張る。

そして三つ目が罪を犯した者が堕ちる犯罪奴隷である。罪を犯したという点に、レオナールは秘密を暴く鍵があると睨んでいた。

「犯罪奴隷と聖騎士と貴族。この三つを並べると見えてくることがあるよね」

「坊や、まだ何が言いたいのか分からないよ」

「もう少し詳しく説明するよ。罪を犯した者を逮捕するのは王国騎士か聖騎士のどちらかだ。そして富裕層の集まりであり、秘密のビジネスに打ってつけの客である貴族。ここに犯罪奴隷を加えてみる。すると一つのビジネスが浮かんでくるでしょ」

「おいおい、まさか……」

「罪のない人間の罪をでっちあげ、犯罪奴隷に堕とすビジネス。僕はそう睨んでいる」

レオナール自身、ジルに罪を捏造されたが故に浮かんできた発想であった。

「坊や、他に根拠となる情報はあるのかい？」

「うん。実はクリフさん自身ではなく、彼のライバルである政敵たちに関して調べてみたんだ。

すると面白いことが分かった。彼の政敵たちが暴力事件や婦女暴行の罪で逮捕されているんだ」

「でもそれは偶然の可能性もあるんじゃないのかい？」

「偶然ではないよ。なぜならクリフさんの政敵が起こした暴力事件や婦女暴行の被害者はゲイルさんの弟と妹だからね。こうまで露骨だと笑いすら起きないよ」

犯罪奴隷を購入するために支払われた金は被害者に支払われるようになっている。すなわち、意図した人間を犯罪奴隷に堕とし、金は仲間内で回しているのである。

「僕もビジネスでは手段を選ばないけど、こいつら僕なんかよりよっぽどゲスな奴らだ。ここまでの悪党なら僕も躊躇なく戦えそうだ」

「……聖騎士団はどこまでこの情報を知っているんだろうな」

「ゲイルさんは百人長らしいね。一人でできるはずもないし、彼の部下たちは少なくとも把握しているだろうね」

「さすがに聖騎士団の団長は知らねぇよな？」

「どうだろうね。聖騎士団にはジルも所属しているし、僕の聖騎士団に対する信頼はさほど高くないよ」

「真実はゲイル本人を問い詰めないと分からねぇか」

「でも坊や、本人を問い詰めるとしてどうやって接触するのさ？」

「正面から攫うのはさすがに人の目があるからね」

聖騎士団の百人長ともなれば、周りに常に人がいる。そんな中で拉致でもすれば、大問題に発展する。

「ゲイルは奴隷を集めるのが趣味らしい。それを上手く利用できないかな」

「女、といえばメリッサだが……」

「私じゃ、聖騎士相手に尋問なんてできないよ」

「僕もメリッサが行くのは反対だ。他に何か上手い方法があれば……」

「坊や、私、良い方法を思いついたよ」

レオナールが頭を悩ませていると、メリッサが何かを思いついたのか、商会の倉庫室へと姿を消す。戻ってきた彼女の手には一着の服が握られていた。

「立派なドレスだね。その服がどうかしたの？」

「これを坊やが着るのさ」

「で、でも僕は男だよ」

「坊やが着るなら、下手な女なんかよりよっぽど似合うはずよ」

「うっ……」

レオナールにも男としてのプライドが存在した。他に何か妙案がないか考えるが、メリッサが提示した方法以外に何も思いつかなかった。

「分かったよ。諦めて着るよ。変でも笑わないでよ」

レオナールは渡されたドレスに着替える。細かい模様が描かれたレースのドレスに袖を通していく。

「どうかな？」

「坊や、どこから見ても貴族の令嬢にしか見えないよ」

「メリッサの言う通りだぜ。もし俺が酔っていたら、理性を失くして襲っていたかもしれねぇ」

「そんなことしたら殴るからね」

「分かっているよ。レオ坊を怒らせると怖いからな」

「とにかく女性で通じるなら問題は解決だ。この恰好でゲイルの屋敷に乗り込むとするよ」

レオナールは釈然としない表情で、作戦を決行する覚悟を決めた。

◆

聖騎士団の百人長ゲイルは仕事の疲れをかき消すように屋敷の扉を勢いよく開ける。そこには彼の人生の楽しみたちが並んでいた。

（あ〜やっぱり犯罪奴隷は最高だ）

ゲイルは玄関に並んで土下座している犯罪奴隷たちを見て、自分は幸福なのだと実感する。奴隷たちは皆、町で見れば誰もが振り返るような美女ばかり。中には貴族の娘も含まれており、彼の大切なコレクションたちであった。

「ただいま、皆。元気にしていたかな」

「はい。ゲイル様のお帰りを心待ちにしておりました」

「僕も君たちに会えるのを心待ちにしていたよ」

ゲイルは奴隷たちの素直な態度に満足する。普通の犯罪奴隷ならこんなにも容易く隷属しない。反抗的な者。いつか主人を裏切ろうとする者。犯罪者特有の陰のような者が存在する。しかし彼女たちには存在しない。それは彼女たちが罪を犯したことのない無罪のものばかりだからだ。

（やっぱり奴隷にするなら無実の犯罪奴隷に限るねぇ。従順で扱いやすく、それに何より無実なのに奴隷の立場に堕ちているところが滑稽で笑えるのが良い）

「今日は誰に奉仕をして貰おうかな……おや、誰だね、君は？」

ゲイルの奴隷たち。その中に彼の見知らぬ顔があった。黒髪黒目の整った顔立ちに、レースのドレス姿はまるで人形のようであった。

「僕はクリフさんの犯罪奴隷の一人です。クリフさんからあなたのところへ行くようにと命令されてここにいます」

「僕か……クリフもなかなか良い女の趣味をしているじゃないか。それでなぜ君はここに？」

「クリフさんからは行けば分かると」

「なるほど。プレゼントか。クリフも媚びの売り方が上手いな」

都市長選の有力候補はクリフとゲイルの二人だけである。もし選挙でクリフが当選すれば新たな都市長は彼になる。その時のための機嫌取りだと、彼は判断した。

「だが実に良い。中世的な女性はまだチャレンジしたことがなかったのでね。クリフに礼を言わないとな」

「……喜んで貰えたのなら嬉しいです」

「では寝室についてこい……あ、そうだ。君はもうクリフに抱かれたかい」

「いいえ……」

「新品か。素晴らしいな」

ゲイルは下卑た笑みを浮かべて、クリフからの贈り物を寝室へと運ぶ。寝室にはキングサイズのベッドが置かれ、傍には鞭などの拷問用の道具も置かれていた。

「この部屋は防音になっている。君がどんな悲鳴をあげるのか楽しみだよ」

「僕もすっごく楽しみです。あなたがどんな悲鳴をあげてくれるのか」

ドレス姿の奴隷が口角を歪ませて笑う。ゲイルは背中に冷たい汗が流れるのを感じる。

「そういえばまだ名前を名乗っていませんでしたね」

ドレス姿の奴隷がゲイルへと近づくと、彼の首を掴む。少女とは思えない異常な握力。ゲイルは恐怖を感じ、歯をガタガタと鳴らす。

「僕はレオ。君を地獄へ送る者の名だよ」

◆

レオナールはゲイルの首を持ち上げながら、マネードレインを発動させる。彼を殺さないよう加減しながら、聖騎士の力を奪って抵抗力をなくすと、首から手を離した。

地面に落とされたゲイルは尻餅をついて、レオナールを見上げる。その瞳には恐怖の色が滲んでいた。

「レ、レオ、つまり君は男か？」

「そうだよ。ちなみにクリフさんから送られてきた犯罪奴隷だという話も嘘だよ」

「……いったい何者なんだ、君は？」

「ゲイルさんを地獄へ送る使者だと伝えたでしょ。この部屋は防音だし、君から情報を引き出すのは容易だろうね」

「な、なにをする気だ……」

「すでに何かはしているんだよ。さっきから身体が重いでしょ？」

ゲイルは先ほどから感じていた倦怠感を突かれて息を呑む。何かされたのだと確信した。

「僕は相手の課金した金を奪い取る力を持っているんだ。君からはかなりの金額を吸い取ったからね。今の君は子供より弱いんじゃないかな」

「ぐっ……」

「そんな君に、僕の尋問が耐えられるかな？」

「む、無理だ。俺は痛みが大の苦手なんだ。何でも話すから許してくれ」

ゲイルはすぐに降参し、両手を挙げる。秘密を暴露することより、拷問を受ける恐怖が勝っていた。

「僕の予想では君たちは指名した相手を犯罪奴隷に堕とすビジネスをしている。正しいかい？」

「……どこでそれを？」

「ただの推測だよ。正しいかな？」

「正しい。消したい邪魔者がいる場合や、犯罪者以外でどうしても奴隷に欲しい者がいる場合に依頼される」

「前者は分かるんだけど、後者はどんな依頼があったの？」

「例えばそうだな、村一番の人気者の娘や、店の看板娘のような罪を犯さない純朴な少女を奴隷に欲しいという依頼が多い」

「犠牲者の数は？」

「数えきれないな。なにせ今まで犯罪奴隷に堕とした人間の数は千を超えているからな」

「千人……百人長の業務範囲でそこまでの人間を捌ききれるのかい？」

「できるさ。俺と同じ百人長も何人かこのビジネスに手を貸しているからな」

「千人長も加担しているの？」

「関わっていない。あくまで俺がリーダーだ。千人長が加わると、上下関係が逆転するからな」

ゲイルは組織構成に関して話を続ける。ゲイルを頂点とし、同僚の百人長たち四人を含めた合計五名で構成されており、五名の中でも最も千人長に近いと云われているゲイルがリーダーを任されていた。

「お客さんはやっぱりクリフさんの紹介かい？」

「そうだ。貴族は金払いも良いし、秘密も守る。それに罪を着せる人間に応じて値段は変わるが、どれだけ安くとも白金貨一枚は貰っていたからな。平民相手に販路を拡大する理由はない」

「ちなみに加担していた百人長四名の名前は？」

ゲイルは四名の名前を読み上げる。その中にはジルの名前も含まれていた。

「ジルも関与していたんだね」

「そうだ。そもそもこのビジネスを思いついたのも、あいつが邪魔な商人を消すアイデアを一緒に考えて欲しいと頼むから議論している内に浮かんできたものだ」

「へぇ～なるほどね。これはちょっとした復讐ができそうだ」

「復讐？」

「こちらの話さ。それともう一つ、僕は君たちの顧客名簿が欲しい。当然あるよね」

「…………」

「黙っても無駄だよ。客の貴族が裏切った場合の保険をかけていないはずがないからね。誰がどんな人を犯罪奴隷に仕立て上げる依頼をしたのか。記録は残してあるよね？」

「もしないといえば……」

「君が居場所を吐くまで拷問するだけだよ」

「……そこのベッドの下だ」

「随分と古典的だね」

レオナールはベッドの下を覗くと、一つにまとめられた紙の束を見つける。彼が顧客名簿の中身に目を通すと、目がキラキラと輝き始めた。

「すごいね。大物ばかりだ。これは色々と利用できそうだ」

「顧客名簿は渡したんだ。私を解放してくれ」

「いいよ。解放してあげる。ただし僕からお願いがある」

「お願い？」

「一人、犯罪奴隷に堕としてほしい人間がいるんだ。もし断るなら……分かるよね？」

レオナールは顧客名簿をヒラヒラと振る。その脅しにゲイルは首を縦に振るしかなかった。

◆

貴族のクリフは椅子に腰かけながら美しい庭を眺めていた。その庭は彼が奴隷ビジネスで手に入れた金で購入したものだ。他にも奴隷ビジネスは様々なモノを彼に与えた。金品はもちろんのこと、金銭的余裕があるため市民の税金を下げることで名誉を手に入れ、さらには美しい奴隷たちも手に入れることができた。

「私に失敗は許されないのだ……」

「クリフ様、何か辛いことでもあったのですか？」

クリフの肩を揉むメイド姿の奴隷が訊ねる。彼女は心の底からクリフを心配する声音で訊ねていた。

「ビジネス上のトラブルだ。君は気にしなくていい」

「ふふふ、男の世界ですものね」

「そういうことだ」

クリフの不安はレオナールたちに送り込んだ聖騎士たちと連絡を取れなくなったことが原因だった。

聖騎士たちはいつもなら作戦成功の連絡を必ず伝える。しかし今回は何も音沙汰がない。壊滅し、失敗したと見るのが妥当だった。

（もし私の秘密が公開されれば……）

奴隷ビジネスについて暴露されれば、今まで培ってきた名声が地に落ちる。当然、都市長の地位を得ることもできない。

（奴隷ビジネスに手を出したことは間違っていなかったはずだ……）

クリフは初めて奴隷ビジネスに手を染めた日のことを思い出す。最初の犠牲者は彼の友人の貴族であった。

友人とクリフは子供の頃からの付き合いで、何をするにも一緒だった。これは互いの趣向が似ていることが理由だった。食事の好みや、好きな遊び、笑いのツボ、そして好きな女まですべてが同じだった。

クリフは友人の妻に惚れてしまったのだ。彼は人妻である彼女に言い寄ったが、一向になびく気配がなかった。それどころか彼が言い寄れば言い寄るほどに、友人と彼女の愛は深くなっていった。

そんな時である。クリフは奴隷ビジネスと出会った。彼は葛藤した末に、悪魔と手を結んだのだ。

それからクリフの友人は殺人の容疑で死刑になり、その妻は犯罪奴隷に堕ちた。そして友人の妻だった女性は現在彼の肩を揉んでいた。

「どうかしましたか、クリフ様。私の顔をマジマジと見つめて」

「君は本当に理想の女だよ」

「ありがとうございます。私にとってクリフ様も理想のご主人様です」

メイド姿の奴隷は犯罪奴隷に堕ちた際、一般的な犯罪奴隷の処遇を聞かされていた。それはどれも最低最悪の劣悪な環境を提示される。例えば炭鉱で一生穴を掘り続ける仕事や、娼婦に近い仕事をさせられる場合もあると伝えられるのだ。彼女は絶望した。その絶望から救い出した人間こそクリフであった。

（こいつは私がすべての元凶であると知らない。故に私に無償の愛を捧げる）

クリフはその愛がたまらなく嬉しく、友人を超えたという優越感が彼を支配した。

「私、いつまでもクリフ様にお仕えしたいです」

「うむ。期待しているよ」

クリフは心情を隠しながら、貴族らしい柔和な笑顔を浮かべる。

（やっぱり人から感謝されるのは気分が良い。最高だ）

クリフはこの人生がずっと続けばいい。そう願った。しかし平穏を崩すように、屋敷の扉を壊して飛び込んでくる闖入者がいた。

「君たちは聖騎士団の皆さんじゃないか」

クリフは甲冑を来た聖騎士たちを出迎える。しかし彼らの様子がいつもと違っていた。目には軽蔑するような視線が込められている。

「貴族のクリフだな。貴様を国家転覆罪で逮捕する！」

「え！」

クリフは腕を拘束される。どういうことだと彼が頭の中を疑問で一杯にしていると、聖騎士の男が一言ボソリと呟いた。今度はあんたが犯罪奴隷になる番だと。

◆

レオナール商会。そこでいつもの三人は新聞に目を通していた。

「クリフが捕まったそうだな」

「これ、坊やがやったんだろ？」

「そうだよ」

「新聞の一面になっているぜ。レオ坊は本当に恐ろしい男だ」

新聞にはこう記されている。クリフが国家転覆を謀った罪で逮捕。革命派から資金提供を受けていたとも記されている。

「ゲイルさんも上手いシナリオを考えたものだよ」

「シナリオ？」

「奴隷ビジネスで手に入れた金、その表に出せない金と、革命資金を紐づけたんだ。クリフさんはきっと困るよ。なんたって無罪を主張しようにも奴隷ビジネスの話はできないからね。金の出所を説明できない」

「逮捕を免れる方法はないってことか。けどよ、レオ坊。有力候補は一人潰せたが、もう一人はどうするんだ？」

「ゲイルさんか。彼には死んでもらおうかな」

「随分とあっさりだな」

「自業自得さ。無実の人間を罪人に仕立てるなんて悪魔の所業だよ。消えていなくなった方が世界のためさ」

「なら有力候補は二人いなくなるわけか。なら俺の都市長の座は確実か……」

「モーリーも坊やも油断するんじゃないよ。有力候補が消えてもまだ他の候補者が残っているんだから」

「メリッサ。その点は心配ないよ。モーリーには街のヒーローになってもらう予定だからね」

「街のヒーローか……どうやってなるんだ？」

「それを説明する前に、もう一人の有力候補さんの最後の瞬間を楽しもうよ」

レオナールは魔法水晶を使い、遠隔地の映像を映し出す。そこにはゲイルの姿が映し出されていた。

「坊や、これは聖騎士の百人隊よね」

「そう。この映像はアンデッドダンジョン入口前のものさ。僕の配下に透明になれる魔物がいてね。魔法水晶で投影してもらっているんだ」

アンデッドゴブリンのスキル透明化を使い、レオナールはダンジョンバトルの対戦相手の情報を収集していた。その情報網の一つからの映像配信であった。

「僕は今、アンデッドダンジョンと戦争中でね。敵の戦力を分析したいんだ」

「話が見えないね。それがなぜ聖騎士がダンジョンの前に集まる理由になるんだい？」

「簡単だよ。僕はゲイルに奴隷ビジネスの顧客名簿をアンデッドダンジョンに隠したと伝えたんだ。冒険者に拾われる前に回収したい彼は、自前の戦力でダンジョンに挑もうというわけさ。聖騎士百人、戦力分析にもってこいの捨て駒でしょ」

「とんでもなくゲスな手段だが、相手は善人を犯罪者にするような奴らだ。躊躇う必要ねぇか」

「だね。彼らの最後を楽しもうじゃないか」

魔法水晶に映し出された百人の聖騎士たちがダンジョンへの侵入を開始する。一糸乱れない隊列を組んで進行する姿は聖騎士らしい動きであった。

「冒険者の経験がないのか、随分と密集しているね」

「剣士相手なら有効だが、魔物は魔法使いも多い。範囲魔法で全員死ぬんじゃねぇか」

「かもね」

百人の聖騎士がダンジョンの通路を進むと、広い空間へと出る。正方形の何もない空間。そこに反対側の通路から膨大な数の魔物が姿を現す。

骸骨の兵士は剣と盾を持ち、聖騎士に対するように隊列を組む。さらに骸骨兵士の背後に骸骨の騎兵と、骸骨の魔法使いも姿を現した。

「数だけならアンデッドダンジョン側が優勢だね。けど腐っても聖騎士だ。職業としては上位に入る戦闘職だし、質を考慮するなら聖騎士に軍配が上がりそうだね」

ゲイルは聖騎士たちに突撃を命じる。それに応えるように骸骨の兵士たちも突撃を開始した。

聖騎士たちは骸骨の兵士を木の枝でも斬るように細切れに変えていく。

「レオ坊。このままいけば聖騎士が勝ちそうだぜ」

「いいや。そんなに甘くないさ」

骸骨兵士たちは勝てないと見るや武器を捨てて、聖騎士に抱き着き始めた。そこに魔法使いたちが炎の魔法を飛ばす。聖騎士の何人かは全身を黒焦げにして命を落とし、硬貨となって散らばった。

同じように骸骨兵士によって足を止められた聖騎士へと、骸骨騎兵が突撃をかける。馬上からの攻撃に対応できず、何人かの聖騎士は首を跳ねられて、硬貨となって散らばった。

「骸骨の兵士は足止めが役割のようだね。本命は背後に控える骸骨騎兵と骸骨魔法使いのようだ。この情報は役に立つ。僕と戦争する時も必ず同じ手を使ってくるだろうからね」

ゴブリンダンジョンの主戦力であるゴブリンチャンピオンを足止めし、そこに魔法や騎兵をぶつける。聖騎士と同じ戦い方をすれば敵が同じことをしてくる可能性が高い。

「レオ坊。どうやら聖騎士の連中も学んだようだぜ」

骸骨兵士が動きを邪魔する捨て石だと学んだゲイルは、聖騎士たちに槍の陣形を作るよう命じ、突撃を開始する。骸骨兵士では足止めできず、その槍は骸骨魔法使いを貫いた。

「ゲイルさんもなかなかやるね。このまま進めば、アンデッドダンジョンは魔法使いを失うことになる」

魔法使いがいなければ遠距離からの攻撃を恐れる必要がなくなる。もしかすると聖騎士が勝利するかもしれないと期待していると、部屋へと続く通路から一人の魔人が現れた。

「坊や、あれは魔人だよね」

「うん。顔を見るのは僕も初めてだけど、あれがアンデッドダンジョンのダンジョンマスター、ガイアさんだ」

レオナールは映像に映し出されたガイアをマジマジと見つめる。紫色の肌をした男が奇術師のような恰好をしている。右手には骨を持ち、ブツブツと何かを呟いている。

「坊や、どうしてあいつがダンジョンマスターだと分かるんだい？」

「簡単さ。アンデッドダンジョンに魔人は一人しかいないからね」

魔人。それはエルフ族のように複数人がダンジョンで暮らしている場合もあるが、中にはアンデッドダンジョンのように一人しかいない場合もあった。

「坊やはあの魔人についてどれくらい知っているんだい？」

「調べてみたけどさほど分かることはなかった。職業も種族も得意な魔法も何もかも謎に包まれている。幸いにも掴めた情報が、魔人は彼一人しかいないというものさ」

「ならこの戦いで、あの魔人の新しい情報が掴めるかもしれないねぇ」

「そうなると嬉しいよね」

ガイアは聖騎士たちに近づくと、その内の一人の顔をガッシリと掴む。すると彼の身体が風船のように内側から膨れ上がって破裂する。しかし男は硬貨になって散らばることはなく、骸骨となって新たな命が吹き込まれた。

「レオ坊、いまのはなんだ？」

「どうやらガイアさんは触れた相手を骸骨の魔物に変える力を有しているようだね」

「そんなの無敵の能力じゃねぇか！」

「いいや。そうとも限らないさ。見てみなよ」

映像の中でガイアは聖騎士たちと白兵戦を開始する。しかし最初に見せた魔物に変える力は使用しなかった。

「回数制限があるのか、使用魔力が大きいのか、はたまた別の制約があるのかもしれない。少なくとも無条件に連発して使える能力ではないようだね」

「坊やの推測は正しそうだね。ほら、見てみなよ」

ガイアは身体能力で聖騎士を圧倒しているが、その圧力にジワジワと押され始める。骸骨騎兵も加勢するが、騎兵は人の護衛には向かない。聖騎士たちはダンジョンマスターであるガイアに狙いを絞っており、騎兵の手助けは効果的と言えなかった。

「ガイアはこの状況になっても援軍を呼ばない。つまり他に魔物はいないと考えてよさそうだね」

ガイアの表情にも焦りの汗が浮かんでいた。これは聖騎士の勝ちで終わるかと、レオナールが期待した時、ガイアはニヤリと笑みを浮かべた。

「ガイアさんの奥の手が見れそうだね」

ガイアが魔法を唱えると、命の結晶として散っている硬貨が地面に吸い込まれ始めた。そして硬貨が姿を消すと、代わるように地面を掘り起こして、骸骨が姿を現した。

「面白い能力だね。一定範囲に転がる硬貨を消費して、魔物を復活させる力かな」

「だがレオ坊、雑魚の骸骨兵士を復活させても意味がねぇだろ」

「そうとは限らないよ。見てみなよ」

骸骨兵士たちは先ほどよりも身体能力が向上していた。聖騎士と一対一で戦えるだけの実力へと変わっている。

「坊やなら何が起きたのか理解できるんじゃないかい？」

「そんなに難しい話じゃないからね。死んだ骸骨たちより生き返った骸骨の方が数は少ない。それに地面に散らばった硬貨には、命を落とした聖騎士の分も含まれていたはずだから、本来ならもっと多くの骸骨兵士が生まれるはずなんだ。でも現実はそうなっていない。つまり一体一体の質を上げるために、復活した骸骨兵士に課金したんだよ」

復活した骸骨兵士が聖騎士たちの首を撥ねていく。しかしゲイルはそれに対して何もできないでいた。

ボスであるダンジョンマスターを倒そうにも、ガイアの前には聖騎士と同等の力を有する骸骨兵士が百体以上並んでいる。さらに騎兵と魔法使いがじわりじわりと、聖騎士の数を減らしていた。

勝てない、そう確信したゲイルは撤退を宣言する。しかし逃げるための道は、骸骨兵士たちによって塞がれていた。ゲイルは助けを叫ぶが、ガイアは彼に容赦しない。百人いた聖騎士はすべてが硬貨となって、ダンジョンに散った。

「これで有力候補が二人とも消えたね。それにしてもゲイルさんは頑張ってくれた。僕に色んな情報をくれた」

「情報？」

「まずガイアさんの能力が二つあると分かったことが大きい。触れた相手を魔物に変える力と、硬貨を消費して魔物を復活させる力。前者は連発できないから対策を打つのは簡単だし、後者は硬貨をすぐに回収すればいい」

「でもレオ坊。油断は禁物だぜ。他に魔法を隠し持っている可能性もあるんじゃねぇか」

「可能性はあるかもね。けど攻撃系の魔法はないよ。使えば効果的な場面で使わなかったからね」

聖騎士たちは密集陣形を取っていた。範囲攻撃があるのなら、躊躇わずに使っていたはずである。

「ガイアさんの身体能力は聖騎士の三倍程度。ゴブリンチャンピオンを複数体ぶつければ、いくらでも対処できる。本当、戦争において情報は命だね」

レオナールは映像を消すと、モーリーとメリッサに向き直る。

「さて邪魔者は消えた。後はモーリーがヒーローになるだけだ。そのために演技指導をしないとね」

「演技指導？」

「そう。立派なヒーローを演じてもらうよ。すべて僕に任せておいてよ」

レオナールはモーリーを街の英雄にするための方法を語り始めた。

◆

レオナール商会。円卓を囲ういつもの三名。さらにもう一人新たな人物の姿があった。

「今日はお招きいただきありがとうございます。私が王国新聞の記者ランドです」

ランドと名乗った細身の男がレオナールたちと握手を重ねる。彼はロト王国において最大のシェアを誇る王国新聞社の記者であった。

「指定した無実の人間を犯罪者に変える奴隷ビジネス。最初聞いた時は耳を疑いましたが、モーリーさんから頂いた顧客名簿を確認し、裏を取りました……どうやら真実のようですね」

「奴隷ビジネスに関与していたのは、都市選の二大候補、貴族のクリフと騎士のゲイルだ。ここも裏取りはできただろう？」

「ええ。不自然なまでに二人に利益のある人物が犯罪奴隷に堕ちています。この二人の関与は間違いありません。ただ二人から情報を聞き出すことは難しいでしょうが……」

「クリフの方は逮捕された。これは仲間割れで間違いないだろう」

「ええ。その意見に私も同意です。クリフさんの人柄について私もよく知っていますが、革命の炎に身を投じるような情熱ある方ではありません。それならばまだ自己利益のために奴隷ビジネスに手を染めていた方が信じられる。きっと奴隷ビジネスの首謀者が、邪魔になったクリフさんを排除したのでしょう」

「ゲイルもきっと同じだろうな」

「なにせ突然の行方不明。しかも部下の百人も姿を消している。何かトラブルに巻き込まれたと考えるのが自然です。きっと首謀者に消されたのでしょう」

ランドは事実と推測を交えながら言葉を続ける。大事な内容を紙にメモし、モーリーの話を聞き逃さないように注意していた。

「モーリーさん、一つ聞かせてください。なぜあなたは今回の事件を暴こうと思われたのですか？」

「俺は罪のない人間が犯罪奴隷に堕とされるのを黙って見ていられなかった。あんたも新聞記者なら正義を貫く気持ちは分かるだろ」

「はい。十二分に」

「もし俺が都市長になればこんな悪辣な行いを撲滅してみせるが、今の俺には権力がない。新聞記者のあんたの力だけが頼りなんだ。任せていいよな？」

「はい、私の記者生命を賭けて」

ランドは世を驚かせるような大事件を暴けることに胸を熱くしていた。彼はそのまま次の話題へと移す。

「モーリーさんは首謀者についてご存じなのですか？」

「分からない。しかし聖騎士団の百人長が絡んでいることは掴んでいる」

「百人長ともなれば、聖騎士団の中でもエリートですから、数が限られますね」

「俺が把握しているのはこいつらだ」

モーリーは犯罪ビジネスに絡んでいるであろう聖騎士団の百人長たちの名前を挙げる。

「大物ばかりですね。しかしこのメンツならリーダーはゲイルさんだったかもしれませんね」

「だがそれだと行方不明になった理由が首謀者に消されたとする説に説明が付かない」

「確かに……」

「もう一人、リーダーになりうる人間がいるだろ」

「まさか……ジルさんですか⁉」

「そうだ。確証はないが俺はジルが首謀者だと睨んでいる」

もちろんこれは嘘である。本当の首謀者はゲイルであり、ジルではない。しかしレオナールはジルに対する復讐の一環として、このような手を打ったのだ。

（ジルはきっと否定するだろう。事実、ジルが関与していた証拠もない。しかし噂は噂を呼ぶ。いつか必ずジルに復讐する時に役に立つ）

「ジルさんですか……困りましたね、これは新聞に書けませんね」

「姫の結婚相手だからな」

「ジルさんを首謀者にするなら間違いでしたは許されません。万人が納得する証拠が必要です」

「そんなものはないな。ただ俺としても公表は望んでいない。不用意に王家と揉めたくはないからな」

「……公表はしません。しかし仲間の記者には情報を共有しておきます。もしかすると他の記者なら何か尻尾を掴んでいるかもしれませんから」

「助かる」

モーリーはレオナールをちらりと見ると、彼は首を縦に振って頷く。状況はレオナールにとって理想的な展開だった。仮に公表されなくても、人の噂はすぐに広まる。ジルが首謀者かもしれないというだけで名誉を失墜させるには十分であり、公然と侮辱したわけでもないから王家と揉めることもない。

（王家と全面戦争をするにはまだ早い）

レオナールは口元に笑みを浮かべたまま、心の中で哄笑する。すべてが彼の手の平の上で踊っていた。

◆

次の日。レオナール商会でいつもの三人は、新聞の内容に目を通していた。というのも王国新聞に奴隷ビジネスの話が一面として掲載されたからだ。そしてその奴隷ビジネスを暴いたのは、都市長選の候補であるモーリーだとも記されている。

「坊や、モーリー、やったわね」

「うん。これでモーリーは街の人気者だ」

新聞の記事はすべてがモーリーにとって肯定的に書かれている。無実の人を貶めるビジネスが許せなかったモーリーの性格や、奴隷ビジネスとは関係のない都市長になった場合の公約まで称えられている。

「ランドも良い奴だな。俺のことをこんなに大々的に宣伝してくれるなんて」

「モーリー、確かにランドさんは良い人だけど、彼がここまでしてくれたのはそれだけじゃないよ」

「そうさね、モーリー。レオナール商会はね、王国新聞のスポンサーなのさ」

新聞を捲《めく》ると、レオナール商会の商品広告が……」

レオナール商会で扱っている健康促進剤の広告が記されている。王国新聞社にとってもレオナール商会は必要な存在なのだった。

「でもこんな露骨なことをして、何か言われたりしねぇのか？　例えばほら、金を渡して宣伝してもらったとか」

「そこは大きな問題にならないと思うよ。なにせスポンサーになったのは一年前からだからね。つい最近スポンサーになったのなら、記事を載せてもらう代わりにお金を払ったように受け止められるかもしれないけど、一年前ならたまたまスポンサーから英雄が生まれたと説明が付くからね」

「まぁ、レオ坊の言う通り、弁解はできそうか……」

「それと、こんな悪辣なビジネスを前にして、そんな細かい部分を指摘してくる人なんてきっといないと思うよ。民衆はクリフさんとゲイルさんに怒りを感じて終わりさ」

新聞にはクリフとゲイルが関与していたことと、聖騎士団の百人長が他にも関与している旨が記されている。

「ランドさん、聖騎士団の関与について触れてくれたんだね。しかもジルに触れていないところが上手いね」

「坊や、どういうことだい？」

「ランドさんは王家と揉めないために、ジルの名前は伏せている。それでいて聖騎士団の関与にはしっかり触れている。するとどうなると思う？」

「どうなるんだい？」

「身内で犯人捜しが始まる。今頃、ジルたちは生きた心地がしていないはずだよ」

「そりゃ愉快だな」

ジルに意趣返しできたことをレオナールはほくそ笑む。そんな彼の笑みを吹き飛ばすように、レオナール商会の扉がノックもなしに開かれた。

「お邪魔するよ」

「クロウさん……」

レオナールは入室してきた人物に見覚えがあった。クロウ。現役の首都エイトの都市長である。彫りが深く、吸い込まれるような緋色の瞳、都市長とは別に商人としての立場も持つクロウは品のある顔立ちをしていた。

「現役の都市長様が何の御用で？」

「要件を先に伝える。私の持つ地盤を譲る代わりに、都市長就任後、私の命令を聞く操り人形になれ」

「いきなりやってきて不躾じゃないかな」

「ふん、貴様らが先に私の推薦していた候補者を潰したのではないか！」

「潰したとは人聞きの悪い。僕らは悪人を告発しただけだよ。それともクロウさんは犯罪者の肩を持つの？」

「そうは言わん……しかし候補者を潰されたことは事実。ただ自分の手ゴマとなる候補者を別に立てようと考えたが、貴様らの人気は高く、確実に勝てる保証がない」

「それで地盤をくれるという話ね」

地盤とは選挙区内の支持者の集まりであり、もしクロウの地盤をそのまま貰えれば、現職の都市長への票がそのままモーリーのものになる。

「私が地盤を譲れば勝利は確実だ。それは理解できるな？」

「うん。地盤があればモーリーは確実に勝利できる。しかしそれは地盤によって左右されるかな？　現在の候補者に碌な候補がいないのは知っているでしょう」

「そんなもの、新しい候補を立てればよいのだ。民衆受けする品のある貴族に地盤を与えるだけで、私の読みでは七割以上の確率で勝利できる」

「ん〜クロウさんの話は正論かもね。地盤を持ち出されると負けるかもしれない。だから地盤は頂くよ」

「なら私の操り人形となるのだな？」

「いいや。ならないよ。僕は君から地盤だけ根こそぎ頂く。対価を払うつもりはないよ」

「な、なんだと！」

「当然だよ。クロウさん。君は奴隷システムに一枚噛んでいたからね」

「……証拠でもあるのか？」

「ないよ。でも確信がある」

ゲイルから受け取った顧客名簿にもクロウの名前は残っていなかった。しかし顧客ではなく組織に属していたとしたら顧客名簿に名前がないのも当然だった。事実、クリフとゲイルの名前は顧客名簿に残っていなかった。

さらにレオナールはクロウに関して調査し、不自然なまでに犯罪奴隷を保有していることを掴んでいた。その数はクリフやゲイルよりも多い。

「証拠がないなら……」

「ただ変なんだよね。聖騎士が捕らえた犯罪者情報は都市長にも連絡が伝わっていたよね。本当に何も知らなかったの？」

「……何が言いたい」

「僕はそもそも不思議だったんだ。百人長の立場であんな大きな犯罪に手を染められるかな。それに貴族とのコネもそうだ。百人長なんかより大物が絡んでいると読んでいる。選挙戦でクリフとゲイルを支持していたことなんかも踏まえると、僕は奴隷ビジネスの親玉は君だと考えているんだ」

「だったらどうした。私が奴隷ビジネスに絡んでいたとしたらどうする？　その証拠を見つけて、脅して地盤を奪い取るつもりか？」

「そんな面倒なことはしないよ。僕が言いたいことはたった一つだけさ。クロウさん、君が悪人なら僕は手段を選ばない。君の人生を滅茶苦茶にすると約束するよ」

レオナールは底冷えのする声で宣言する。クロウはゴクリと息を呑んだ。

◆

レオナール商会を後にしたクロウは荷馬車の中で怒りの唸り声をあげる。彼は都市長に就任して以来、すべての人間を跪かせてきた。そこに例外はない。例え王家であろうとも次期国王を決定する権利を都市長が有する以上、無視することはできない。

（あの生意気な小僧が！）

クロウはレオナールの顔を思い浮かべる。天使のような美しい顔とは裏腹に悪魔じみた思考をする少年だった。彼ならばあるいはクロウの弱みを掴みに来るかもしれない。そう考えると、手が震えた。

（だ、大丈夫だ。私が奴隷ビジネスに加担していたことを知る者はこの世にいない）

知っていたのは牢獄の中にいるクリフと行方不明のゲイルの二人だけだ。関与していた証拠を得ようとしても、手掛かりとなる情報源がいないのだ。

（しかしクリフはともかくゲイルはどこへ行ったのだ……）

ゲイルは無断で姿を消すような男ではない。何か姿を消した理由があったのだと、クロウは推測する。

（あの小僧が絡んでいるのか……だとしたら決定的な証拠を握っているのか……いや、だとしたら、あの場で提示するはず）

クロウは口の中に溜まった唾を飲み込む。レオナールは手段を選ばないで潰しに来ると宣言していた。いったいどんなことをしてくるのか、彼は表面上の強気な態度とは裏腹に、内心では恐怖で震えていた。

（クソッ！　私が甘い汁を吸い続けるためには、例えあの小僧がどのような手段を用いようとも、都市長の権力を維持しなければならないのだ！）

クロウは覚悟の炎を瞳に宿す。と同時に、荷馬車の外から焦げたような匂いと、異常なまでの熱が伝わってきた。

「な、なんだ、この熱気は！？」

クロウは窓から顔を出し、外の様子を伺う。そこには信じられない光景が広がっていた。彼が長年の月日をかけて築き上げた邸宅が燃えていたのである。

「わ、私の家が、いったいどうして……も、燃える、長年コレクションしてきた美術品も燃えてしまう」

クロウの邸宅は建物自体もそうだが、彼が集めてきた美術品の価値が大きい。中には白金貨数百枚に相当する値打ちのモノまで存在する。

「まさかあの小僧が……」

クロウはレオナールの顔が頭に過る。と同時に賠償させるためにも犯人を確保しなければと現実的な思考が展開された。彼は荷馬車から降りると、屋敷へと走り、途方に暮れていた使用人を捕まえる。

「おい、これは誰の仕業だ！　犯人は捕まえたのか？」

「は、犯人には逃げられました」

「なら顔は見たんだな。そうなんだな！」

「はい。顔は見ました」

使用人の言葉にクロウはガッツポーズする。顔さえ分かれば犯人を辿ることも不可能ではない。実行犯から首謀者の名前を聞き出せば、失った金も取り戻せるかもしれない。

「で、どんな奴だった？　男か？　女か？」

「性別は分かりません」

「分からないだと！　冗談を聞いている余裕が私にはないんだ！　首謀者を吐かせるために実行犯の顔を知る必要があるんだよ」

「顔ははっきりと見ました。しかし首謀者を吐かせることは不可能です」

「そんなことしてみなければ――」

「なぜなら放火した犯人はゴブリンだからです！」

「ゴ、ゴブリン……ははは、ゴブリンだと！」

ゴブリンが実行犯では例え捕らえたとしても誰から命令されたのか聞き出すことは不可能だ。なにせ彼らは人間の言葉を話すことができないのだから。

「ゴブリンは東の方向に走って逃げました。おそらくダンジョンへ逃げ帰ったのでしょう」

「ここから先にあるダンジョンはなんだ？」

「アンデッドダンジョンです」

「ぐっ……」

アンデッドダンジョンは高難度ダンジョンの一つである。もしそこに逃げたのだとしたら、実行犯のゴブリンに復讐することさえ叶わない。何もできない歯がゆさに、クロウは拳を握りしめた。

「クロウ様。こんな状況で口にするのは憚られるのですが……」

「なんだ、言ってみろ」

「先ほど、クロウ様が保有する魔道具工場と、街中にある商会が同じように放火されたと連絡がありました。しかもそのすべてがゴブリンによる犯行です」

「はははっ、ゴブリン！　どう考えても人為的な攻撃だ！　こんな真似をいったい誰が……まさか……いや、あの男しか……」

クロウの頭の中は恐怖で支配されていた。そしてその恐怖心が首謀者へと結びつく。天使のように美しい顔をした少年。彼がやらせているに違いないと確信した。

「何とかしなければ……もしこんなことが続けば……」

クロウの恐怖を後押しするように別の使用人が走ってくる。彼の手には魔法水晶が握られていた。

「クロウ様の所有する美術館が放火されました！」

「い、いったいどれだけの資産を失ったのだ……も、もう耐えられない……私の負けだあああっ！　レオナール商会へ連絡を取れ。地盤は譲る。だからもう止めてくれと伝えろ!!　いますぐにだ!!」

クロウは膝を付いて燃える邸宅を見つめる。喧嘩を売る相手を間違えた。彼の心中は後悔でいっぱいになった。

◆

都市長の地盤を引き継ぎ、奴隷ビジネスの闇を暴いた英雄。そんなモーリーが、有力候補のいない選挙戦で敗北するはずもなく、二位と圧倒的な差をつけて都市長の座に就任した。

「ガハハハッ、この俺が都市長だ！」

首都エイトを運営する事務官たちが仕事をする執務院。その最上階にある都市長室にある椅子に座りながら、モーリーは高笑いを浮かべた。

「モーリー、あんまり調子に乗るんじゃないよ、まったく」

「メリッサの言う通り、都市長になってからが大変だからね。これからも頑張ってよ」

「おうよ！　都市長様に任せておけよ！」

モーリーの高笑いは続く。そんな彼の笑い声を遮《さえぎ》るように、都市長室の扉をノックする音が響いた。

「モーリー、誰かと会う約束していたの？」

「していたかもしれねぇな。なにせ街の有力者たちがこぞって俺に会いに来るからよ。誰が来るのかいちいち覚えてねぇんだよ」

「待たせるのも悪いし、入ってもらおうよ」

「そうだな。おう、入れ！」

　モーリーが扉越しに入室を許可すると、二人の騎士が部屋の中へと入ってくる。一人は切れ長の目をした男で、白銀の鎧に十字架の模様が描かれている。もう一人は黒髪黒目の女で、黄金の鎧に龍の紋章が刻まれている。

「聖騎士団長のマイクです。失礼します」

「王国騎士団長のユリアです。失礼します」

　二人の騎士団長は頭を下げると、モーリーの前に屹立する。この二人こそロト王国の最高戦力のトップ２であった。

「聖騎士団長のマイクね。名前は聞いている。有能らしいな」

「都市長にそう言っていただけることが何よりの喜び」

「それに王国騎士団長のユリア。確か魔王ベルゼを殺した女だよな」

「そのようなこともありましたね」

　魔王ベルゼ。すなわちレオナールの父親を殺した仇を前にしても彼はいつもと変わらない平穏な表情を浮かべている。

　レオナールは父親のことを覚えていない。故に仇が現れたとしても特別な感情が沸き上がってこなかったのだ。

（もしこのユリアって人が悪人なら始末するけど、とりあえずは様子見かな）

レオナールの内心を見透かしたように、ユリアはレオナールを睨みつける。その視線には明確な敵意が込められていた。

「僕が何か？」

「いえ、何も……気にしないでください」

「はぁ」

レオナールは釈然としないまま、話を中断する。しかしユリアは相変わらず敵意を込めた視線を止めようとはしなかった。

「聖騎士団と都市長。これからもお互い持ちつ、持たれつの関係でいきましょう」

「そうだな」

「王国騎士団もよろしくお願いします」

「おう。任せておけ」

それから何度か雑談を重ね、二人の騎士団長との挨拶を終える。そろそろお開き。そんなタイミングでモーリーは二人に告げた。

「これから聖騎士団長のマイクと話がある。申し訳ないがユリアは退室してもらえるか」

「顔合わせは済みましたし、異論ありません。では……」

そう言い残してユリアは都市長室を退室した。残されたマイクはいったい自分にだけ何の話をするつもりなのかと不安げな表情を浮かべていた。

「残ってもらったのは他でもない。マイクに頼みがあるからだ」

「頼みですか？」

「行方不明とされているゲイル。あいつの消息にも関わる話だ」

「それは……」

聖騎士団内部では、奴隷ビジネスに関与していた疑いを晴らすために、聞き取り調査をしていた。そして団長であるマイクはゲイルが消えた理由を知っていた。

「マイクはアンデッドダンジョンに挑もうとして敗れた。そして行方不明になった。そうだろ」

「な、なぜ、それを！」

「俺は都市長だぜ。独自の情報網はもちろん持っている。なぁ、レオ坊！」

「うん。モーリーの情報網を甘く見ない方がいいよ」

レオナールの言葉に隠し事はできないと覚悟したのか、マイクはゆっくりと口を開く。

「確かに私の部下であるゲイルはアンデッドダンジョンに挑んで全滅しています。そしてそれが行方不明の原因です」

「なぜアンデッドダンジョンに挑んだか知っているか？」

「いいえ。そこまでは……」

「なら俺が教えてやる。ゲイルはアンデッドダンジョンの脅威を排除するために戦ったのだ」

「な、なんと！」

部下のゲイルが正義のために戦ったと知り、マイクは喜色を含んだ笑みを浮かべる。

「アンデッドダンジョンのダンジョンマスターは好戦的なようでな。首都エイトを襲撃するつもりらしい。その前哨戦として、前都市長のクロウの邸宅がゴブリンによって放火されている」

「なるほど。襲撃されたときはまだ街のトップはクロウさんでしたからね。敵は頭を直接狙ってきたということですね」

「そういうことだ。俺はゲイルの勇気ある行動を認め、正式に聖騎士団へアンデッドダンジョンのマスター討伐を依頼したいのだ」

「で、ですが、それは冒険者の仕事では？」

「もちろんそうだ。冒険者にも依頼する。しかしな、俺は聖騎士団にチャンスを与えたいのだ」

「チャンスですか？」

「聖騎士団は奴隷ビジネスの関与が疑われて、名声が地に落ちている。しかし街を脅威から守るために聖騎士団が戦ったと聞けば、民衆はきっと感謝するだろう。奴隷ビジネスで負った不名誉を洗い流せる」

「我が聖騎士団の名誉を取り戻すための戦い……」

「俺はアンデッドダンジョンのマスターを討伐した者を英雄として扱うつもりだ。大々的に宣伝するし、もしそれを聖騎士団の人間が成し遂げたなら、ゲイルは奴隷ビジネスに関与したために消されたのではなく、民衆のために戦ったのだと都市長の名において公表してもいい」

「そ、そこまで、我が聖騎士団のために……」

マイクは目頭が熱くなっていくのを感じる。新しい都市長であるモーリーに尊敬の念を覚え始めていた。

「分かりました。アンデッドダンジョンに聖騎士の千人隊を送り込みましょう。そして必ずや栄光をこの手に取り戻します」

「その意気だ。で、日時だがこちらが指定した日に動いてもらう。冒険者たちと連携も必要だからな」

「なるほど。で、いつ動けばいいのですか？」

「細かな調整は秘書に任せていてな。レオ坊、ダンジョン襲撃はいつの予定だった？」

「三日後の正午だよ、モーリー」

「ということだ。三日後の正午だ。よろしく頼むな」

「はい」

レオナールは平静な表情を浮かべたまま、内心で計画が成功したことに歓喜する。三日後の正午とは、ゴブリンダンジョンとアンデッドダンジョンのダンジョンバトルが行われる日付であった。

（ダンジョンマスター同士の手助けは禁止というルールは付けたけど、聖騎士団の力を利用してはいけないというルールは付けなかったからね。千人の聖騎士たち。さすがのガイアさんも

疲弊しないはずがない。クククッ、今から戦争が楽しみだよ)

◆

ダンジョンバトル当日。アンデッドダンジョン前には千人の聖騎士が隊列を組んで並んでいた。乱れのない規律ある隊列と、白銀の鎧を身に纏う彼らは非常に頼もしく見えた。

またダンジョン前には聖騎士以外の者たちも存在する。いくつかの小集団で構成された冒険者チームである。数こそ聖騎士よりも少ないが、ダンジョン攻略の専門家という意味では彼らも十分頼りになる。

「もしかしてそこにいるのは！」

聖騎士団団長マイクが人懐っこい笑みを浮かべてレオナールに声をかける。

「マイクさん」

「やっぱり。都市長の秘書さんも参加するんですか？」

「僕も一応冒険者の端くれだからね」

レオナールはアンデッドダンジョンに挑戦する前に冒険者協会で登録を済ませていた。登録証をマイクに見せる。そこにはレオという名前が記されていた。

「秘書さん……いえ、レオさんとお呼びしても？」

「うん。構わないよ」

「ではレオさん。今回の戦いでは無理をしなくても良いですよ。なにせ私が指揮を執りますから。聖騎士の戦力だけでも十分攻略できます」

「マイクさんが指揮を執るなら、間違いないでしょうね」

マイクはそう言い残すと、聖騎士の千人隊へと戻り、ダンジョンへの進行を命じる。隊列を組んだ聖騎士たちが進む。その背中を追いかけるように、雇われ冒険者たちもダンジョンの中へと入った。

「僕も付いていくか……」

聖騎士の千人隊はダンジョンの細道を通り、一歩ずつ進んでいく。

（ゲイルさんの戦いと同じ展開になるなら、この先の部屋で……）

レオナールの予想は当たっていた。正方形の広い空間に骸骨兵士たちが隊列を組んで並んでいた。さらに背後には骸骨魔法使いと骸骨騎兵も待機している。

さらに骸骨の魔物たちに守られるようにガイアの姿もあった。千人の聖騎士たちを前に、さしもの彼も焦りの汗を流している。

（ガイアさんの焦りも当然といえば当然。ダンジョンバトル当日に人間たちが侵攻してくるなんて思ってもみなかっただろうからね）

この部屋に並べられている軍勢もおそらくはゴブリンダンジョンへと侵攻するための兵士た

ちだったに違いない。

(ガイアさんは僕の顔を知らない。見つかってもきっと冒険者の一人くらいにしか思わないはず)

レオナールが恐れていたのは、聖騎士たちに戦力を回すのではなく、レオナールへと戦力を集中されることだった。

(今回ガイアさんが強敵だと想定しているのは、聖騎士団団長のマイクさんだ。きっと彼に戦力を集中させるはず)

マイクの周りには聖騎士団の精鋭が集まっている。彼を倒すためには、ガイアは大きな損害を覚悟しなければならない。

(ガイアさんの戦力が消耗したところを僕が叩く。聖騎士とアンデッド。存分に戦ってもらうとしよう)

レオナールの心中に応えるように戦闘が始まった。聖騎士団が突撃を始めたのである。それに応えるように骸骨兵士たちも動く。

(数はどちらも同じく千人程度。しかし質が違いすぎる)

骸骨兵士の課金額は少ないのか、聖騎士たちの刃で切り伏せられていく。またマイクの指揮が上手く、彼は骸骨兵士に人手を割くことなく、もっとも厄介な骸骨魔法使いを集中的に攻撃していた。

（骸骨騎兵がそろそろ動くかな）

聖騎士たちが骸骨兵士の壁を突破し、骸骨魔法使いに攻撃を仕掛けようとしたその時。骸骨騎兵が横から襲い掛かる。馬上からの騎兵攻撃。聖騎士では防ぎきれない、かと思いきや、聖騎士たちは高さというハンデを抱えながらも互角に戦っていた。

（ゲイルさんの部下よりも強い聖騎士たちだ……騎兵とほぼ互角かな）

主力の騎兵が聖騎士により足止めされているせいで、じわりじわりと骸骨魔法使いの数が減っていく。

このまま進めば聖騎士の勝利で終わる。しかしそれを易々と許すガイアではなかった。聖騎士に対して骸骨兵士たちが自爆特攻を開始したのだ。

聖騎士一人に対して、一体の骸骨兵士が抱き着いて動きを封じ、別の一体が抱き着いた骸骨兵士ごと聖騎士を剣で串刺しにしたのだ。

（これなら弱兵の骸骨兵士でも十分聖騎士を殺せる。ただしその代償として骸骨兵士側にも損害が出ている）

それも当然のことで、一体の聖騎士を倒すのに、一体の骸骨兵士を必ず犠牲にするのだ。しかも聖騎士の中には骸骨兵士の自爆特攻を何とか捌ききる者もいる。その場合、複数体の骸骨兵士を犠牲にしている。被害は圧倒的にアンデッドダンジョン側の方が大きかった。

（ガイアの狙いは聖騎士を倒して硬貨に変えること。味方の骸骨兵士の犠牲も硬貨から魔物を復活させる能力で回収するつもりだから、躊躇いなく使い捨てているのだ。しかしこの戦略には弱点がある。この乱戦の中で、いちいち硬貨を拾っている余裕のある者がいないことを前提にした作戦だ)

レオナールはガイアが特定領域の硬貨を消費し魔物を生み出す能力を有していると知っていた。故に能力に対する対策を立てていた。

(戦闘には参加せず、黙々と硬貨だけを拾う者を配置すれば、簡単に対策できる)

床に散らばった硬貨。注視しないと気づけないが、その硬貨が一枚、また一枚と突然消えてなくなる。

これはレオナールの指示の下、透明化したアンデッドゴブリンが硬貨を回収しているからであった。

(相手の戦力を奪い、こちらの資金源に変える。一石二鳥の一手だ。でもすぐにガイアさんも気づくはず……)

本来あるはずの硬貨が姿を消すのだから、ガイアが気づかないはずがない。

(しかしどうやって硬貨を回収しているのかまでは想像が及ばないはず)

透明化した魔物が硬貨を回収している。この事実に辿りつくにはいくつかのハードルがある。

まずは時間だ。限られた時間の中で考察を重ね、結論に至るのは難しい。

さらに透明化した魔物という発想。これもなかなか浮かばない。普通に考えるなら、誰かが拾い、その瞬間を見逃したという結論に至る。またそれを否定したとしても特定の領域にある硬貨を集める能力が発動した可能性や、見えないような速度で何者かが回収した可能性も残る。

そしてその数多ある可能性から透明化という可能性が浮かんだとしても、ガイアは現在戦っている相手が聖騎士だと考えている。聖騎士では透明化の魔法を使うことができないため、その可能性を否定するはずだ。

(透明化に辿りつけなければ対策を打つこともできない。ガイアさんの能力の一つを潰せたし、おかげで決着も付きそうだ)

聖騎士団長マイクはガイアを追い詰めていた。ガイアは剣も魔法も使えないのか、素手でマイクに挑もうとしている。

マイクはニヤリと笑うと、目にも止まらないスピードで移動し、ガイアの腕を切り落とした。血しぶきと腕が宙を舞う。

(さすがは聖騎士団長。戦闘能力がジル以上なのは間違いないね)

レオナールはマイクの実力がロト王国でもトップに位置すると見立てていた。その実力者を前に、ガイアは流れる血を少しでも止めようと腕を押さえている。

「私の実力はあなたの遥か高みにいます。観念して投降しなさい」

「クソッ！　クソオオオッ！」

ガイアは失くした腕を振るい、血を飛ばす。その血がマイクの目に入り、一瞬隙が生まれる。

その隙をガイアは逃さなかった。一瞬で接近すると、触れた相手を魔物に変える能力を発動させる。

「な、なにを、したんだ……」

「すでに能力は発動した。お前の俺の下僕になるんだ」

「うぅっ…………」

ガイアの宣言通り、マイクの肉体はドロドロに溶けていく。最後には骨と甲冑だけを残し、骸骨兵士が誕生した。

◆

「はははは、これで俺の勝利は確実だ」

「だ、団長……ッ」

聖騎士たちは自分たちのリーダーの無残な姿にゴクリと息を呑む。そして瞳に怒りの炎を燃やした。

「ダンジョンマスターを殺せ！　団長の仇を取るんだ！」

聖騎士たちは雄叫びをあげると、ガイアに向かって駆けだした。怒りで闘志が漲《みなぎ》っているのか、その動きは本来の彼ら以上の実力を引き出していた。

しかしそれでも聖騎士たちの刃がガイアへと届くことはなかった。魔物に変わったマイクが聖騎士たちの首を撥ねたのだ。

「だ、団長！　俺たちだ！　目を覚ましてくれ！」

聖騎士たちは叫ぶも、その祈りは通じない。疾風のように聖騎士の隊列へと飛び込むと、すれ違う者たちの首を撥ねていく。命を落とした者は硬貨となって散らばる。硬貨が地面を叩く金属音は、聖騎士たちの恐怖を増長させた。

「だ、団長と戦え！」

「で、でも……」

「団長を救うにはそれしかない！　団長を足止めし、その隙にダンジョンマスターを討伐する！」

「は、はい！」

聖騎士たちはマイクとガイア両方に人員を分けて同時に襲う。マイクはガイアを救おうと動こうとするが、それを聖騎士たちが必死に食い止める。

「行くぞ！」

ガイアを討伐するべく聖騎士たちは駆ける。しかし彼らの行く手を遮るように骸骨兵士と骸骨騎兵、そしてそのサポートの骸骨魔法使いが現れた。

「これじゃあダンジョンマスターまでたどり着けない……」

「俺たちも力を貸す！」

雇われていた冒険者たちはここが働きどころだと、骸骨兵士たちと戦闘を開始する。しかし冒険者の戦力では魔物の軍勢に敵わないことは明白だった。

「聞け！　このままでは骸骨兵士たちの物量に押されて負ける。故に私を含めた数人がダンジョンマスターに突撃する。残りの者たちは骸骨兵士たちを討伐しろ！」

千人隊の中に組み込まれていた百人隊の隊長の一人が叫ぶ。その叫びに呼応するように、聖騎士たちは命がけでダンジョンマスターであるガイアへの道を作る。

「行くぞ、我に続け！」

百人長の突撃を邪魔する者は何もなかった。命がけの刺突はガイアの身体を貫くはずであった。しかしその剣は受け止められてしまう。突如現れたマイクによって。

「な、なぜ、団長が……」

残存している聖騎士の大半を使って、マイクを足止めする作戦だった。本来、団長はここにいないはずだと、百人隊の隊長は振り返る。

そこには信じられない光景が広がっていた。少なくとも百名以上いた聖騎士の姿が消え去り、硬貨が地面に散らばっているのである。さらに視線を隣に移すと、彼をダンジョンマスターへと送り届けるために戦っていた聖騎士や冒険者、そして彼らが戦っていた魔物たちの姿が消えていた。

「まさか俺の魔物たちが全滅とはな。とはいえ、聖騎士千人を返り討ちにした上に、強力な戦力が手に入ったんだ。良しとするか」

ガイアの言葉は百人長を絶望へと叩き落した。大事な同僚も部下も上司もすべてを失ったのだ。彼の目尻には涙が浮かんでいた。

「一つ聞かせろ。さっきから地面に散らばる硬貨が消えていく現象、あれはお前ら聖騎士の仕業だよな」

「知らない……」

百人長は本当に知らなかった。しかしガイアの言う通り、聖騎士千人分ともなれば少なくとも山のように硬貨が散らばるはずなのに、その数はあまりに少ない。しかも落ちているのは銅貨ばかりで、白金貨は一枚も落ちていない。誰かが回収していると考えるのが自然だった。

「知らないなら仕方ない。もしかしたら団長だけが知る秘密の策だったのかもな。だからお前はもういらん」

ガイアはマイクに命じて、百人長の処刑を命じる。彼の頭が宙を舞うと、硬貨になって散乱した。

「残りは……もう一人、隅の方で隠れていたお前だ。お前は冒険者だな」

「僕のこと？」

「他に誰がいる？　この場にはすでに三人しか残っていないんだぞ」

ガイア、団長、レオナール。三人以外は骸骨兵士たちも含めて、すべて命を落とし、硬貨となって消えた。

「お前は逃げないのか？」

「逃げないよ。それに逃がすつもりもないでしょ？」

「当然だ」

「ふふふ、やっぱりいいなぁ。悪人を相手にするのは実に良い」

レオナールは一歩前へ出ると、恐悦の笑みを浮かべる。その口にできない圧力に、ガイアは彼がただものではないと見抜いた。

「なんだ、お前。いったい何者だ？」

「君は僕のことを知っているはずだよ。一度話したことがあるからね」

「記憶にないぞ……」

「なら教えてあげよう。僕はレオ。ゴブリンダンジョンのダンジョンマスター、レオだ！」

◆

「ゴ、ゴブリンダンジョンのダンジョンマスターだとっ！」

ガイアはゴクリと息を呑む。と同時にすべてを悟る。千人の聖騎士たち。ダンジョンバトルのタイミングで襲撃してくるのはあまりに都合がよすぎた。

「まさかお前が……」

「うん。ご察しの通り、ダンジョンバトルを有利に進めるために、聖騎士団を送り込んだんだ」

「やはりお前が……お前もダンジョンマスターなら自分の配下を使って勝負しろ！」

「いやだよ。僕はね、部下には優しくありたいと考えているんだ。君の軍勢と正面からぶつかれば、もしかしたら何人か命を落とすかもしれないだろ。だからさ――」

レオナールは背後にある入口へと続く通路に視線を送る。そこからゴブリン、ゴブリンメイジ、ゴブリンチャンピオンの軍勢が現れる。続くように九尾の狐とゴブリン竜騎兵、エルフたちも姿を現した。

「ユキリス、来てくれたんだね」

「旦那様にお会いするためなら、私、世界の果てでも馳せ参じます！」

「うん、ありがとう。さて役者が揃ったことだし、ゴブリンダンジョンの全勢力と、壊滅寸前のアンデッドダンジョンでダンジョンバトルだ」

「ま、待て、待て、待ってくれ！　俺には聖騎士団の団長がいる。貴様は魔物を失うのが嫌なのだろう。戦闘になれば何人か死ぬぞ」

「何が言いたいの？」

「休戦してやる。それで手打ちだ」

「ククク、聞いたかい、ユキリス。休戦だってさ」

レオナールは底冷えする笑みを浮かべると、絶望の言葉を続ける。

「ガイアさん、君はもう詰んでいるんだ。まず君の触れた相手を魔物に変える力。僕は鑑定スキルを持っているからね。特性はすべて把握している」

「なっ……」

「一日に一度しか使えず、スキルを保有しているだけで寿命を消費していく欠点があるね。さらに生み出した魔物は三種類の行動しかできない。一つ目は攻撃。術者であるガイアさん以外の者を無差別に襲う。二つ目は防御、術者が危険に晒されると守るように行動する。三つ目は停止。何もせずに動きを止める。この三つ以外の詳細な命令はできず、術者が命を失うと魔物に変えられた人は元の姿に戻る。何か訂正すべき点はあるかい」

「ぐっ……だ、だが、能力について露呈したところで、貴様らを襲わせることは可能だ」

「はたしてそうかな。九尾の狐は幻覚魔法が使えるんだ」

九尾の狐が一歩前へ出ると、骸骨に変わったマイクに幻覚魔法をかける。彼にかけた魔法は、ガイア以外の人や魔物がガイアに見え、ガイアが別人に見えるという内容だった。それを説明すると、ガイアは額から汗を流した。

「理解できたようだね。幻覚魔法でマイクさんは君が術者だと認識できない。こんな状態で攻撃と防御の命令は上手く機能しない。いいや、それどころか十中八九、マイクさんはガイアさんを襲うはずだよ」

「ただのはったりだ……」

「なら試してみなよ。自分の命を賭けることになるけどね」

ガイアはマイクに何も命じることができない。もしレオナールの言うことが正しければ、マイクはガイアを襲うことになる。自分の命を危険に晒してまで確認する勇気が彼には持てなかった。

「マイクさんは助けてくれない。戦えるのは君だけだ」

「全員で俺をいたぶろうってことか」

「そんなことしないよ。君には絶望を味わってほしいからね」

レオナールはガイアとの間合いを詰めると、彼の首をガッシリと掴む。そしてマネードレインを発動し、彼に投資された金をすべて奪い取る。

「スキルは寿命が縮むから残してあげたけど、他の力はすべていただいた。君の身体能力は子供より劣っているはずだよ」

「な、なんだと……」

レオナールは首から手を放して、ガイアを自由にする。彼は全身に感じる倦怠感からレオナールの言うことが真実なのだと理解した。

「ガイアさん、無能になった気分はどうかな？」

「クソオオオオッ」

「君のトドメは僕より相応しい人にお願いするよ」

レオナールは棍棒を手にしたゴブリンを前に出す。それはガイアが馬鹿にしてきた脆弱な魔物であった。

「君は僕の友人であるエルフやゴブリンを馬鹿にした。その雪辱は彼に晴らしてもらう」

「グギギギッ」

「遠慮しなくていいからね」

「グギギギッ」

ゴブリンが一歩一歩近づく。本来の実力なら指一本で倒せる相手。しかし無能になった現在のガイアにとって、迫り来る脅威を止めることはできなかった。

「グギギギッ」

ゴブリンが棍棒でガイアの頭を何度も叩く。頭蓋骨がへこみ、頭から血を流していく。最後には息絶えて、硬貨になって散らばった。

「ありがとう。僕たちの勝利だ」

レオナールの一言にゴブリンダンジョンのエルフたちは歓声をあげる。その瞬間、彼の脳裏に『アンデッドダンジョンのマスター権限を取得しました』とのメッセージが浮かんだ。彼は口元に笑みを浮かべ、二つ目のダンジョンを手に入れたことを喜んだ。

エピローグ　～『倒れた幼馴染』～

レオナールがアンデッドダンジョンのマスターであるガイアを倒してから数日後。首都エイトでは彼を英雄として称えていた。

その要因はいくつかある。最も大きな要因に都市長であるモーリーが声明によって、ダンジョンマスターが討伐されたことと、それを実行したのが冒険者レオであると発表したことが挙げられる。

さらに新聞で、アンデッドダンジョンが街の襲撃を計画していたことや、百人長のゲイルが正義のために戦って亡くなったこと、その思いを汲み、レオナールが義憤に駆られるまでのストーリーが記事になっていたのだ。

加えて記事にはレオナールの似顔絵も掲載され、そのあまりに美しい顔立ちは多くの女性を虜にし、ファンクラブまで創設されるに至っていた。

(やっぱり新聞の力は大きいな。今後も何かに利用できるかもしれない)

レオナールは首都エイトの街を行く当てもなく歩いていた。道行く人々が、レオナールの顔を見ると、深々と頭を下げる。皆が彼を英雄だと認めていた。

(アンデッドダンジョンの攻略は色々なモノを得られたけど、その中でも聖騎士団と繋がりを持てたことが大きい)

聖騎士団団長のマイクは、ガイアを討伐したことで魔物の姿から人間の姿へと戻った。彼は魔物にされた後のことを何も覚えておらず、レオナールが事情を説明すると、彼に恩義を感じ、感謝状まで進呈した。

（マイクさんは良い人だし、命が助かってよかった。それにゲイルさんが街のために戦った記事が掲載されたことで、聖騎士団の印象も多少は改善された）

加えて聖騎士団長のマイクが新聞に『冒険者レオこそ真の英雄である』と語った記事が掲載されたことも大きく働いた。人は自分の好きなモノを応援する同志を同じく応援したくなるもの。レオナールの人気がそのまま聖騎士団の人気に繋がったのだ。

（クククッ、二つのダンジョンを支配し、聖騎士団にも顔が効き、都市長の権力も自由に行使できる。僕が復讐を遂げる日も近い）

レオナールはパーティメンバーだけでなく、ロト王にも復讐するつもりだった。復讐には権力が必要だ。彼は目的を果たすために、王家を凌ぐさらなる権力を望む。

（ダンジョンに帰ったら残りの都市長を支配下に置く計画を考えよう。これから楽しくなるぞ）

レオナールは自分が王になり、裏切ったパーティメンバーが謝る姿を想像する。それは清々しく気分が良かった。

（そうさ。僕が王になればリリスだって……）

レオナールは脳裏に浮かんだ考えを振り払う。リリスのことは忘れたのだと彼は自分に言い聞かせた。

しかし頭とは裏腹に、身体は正直だった。レオナールは無意識のままに、リリスと共に暮らした邸宅へと足を運んでいた。

辿りついた邸宅は以前と様相が変わっていた。レオナールが丁寧に手入れしていた庭は、雑草だらけになっているし、郵便ポストには手紙が詰まっていた。

（リリス、大丈夫かな……）

レオナールは窓から邸宅の中の様子を伺う。そこには床に倒れているリリスの姿があった。

「リリス！」

レオナールは花壇の下から隠していた鍵を取り出し、玄関の扉を開けると、リリスへと慌てて駆け寄った。彼女は意識が朦朧としており、突然家の中に入ってきた闖入者に対して反応を見せない。

レオナールはリリスの状態を確かめるために額に手を当てて、体温を確かめる。その熱さは平熱と思えないほどに高温だった。

「凄い熱だっ！　早く何とかしないと！」

「ごめんなさい……ごめんなさい……」

リリスは何かにうなされるように、謝罪の言葉を繰り返す。レオナールは彼女を寝室へと運ぶのだった。

◆

リリスが倒れてから数時間後、彼女は寝室で目を覚ました。窓の外から差し込む夕陽の光が、彼女の目を覚まさせたのだ。

「あなたは……」

「久しぶりだね。僕のこと、覚えている？」

「ええ。確かパン屋さんよね？」

「うん」

「でもどうしてここに？」

「窓からリリスさんが倒れているのが見えてね。咄嗟に家の中に飛び込んでいたんだ。ごめんね、無断で家の中に入っちゃって」

「気にしないで。私のピンチを救ってくれた恩人を怒るはずないじゃない」

「ありがとう。そう言ってもらえると助かるよ」

レオナールはニコリと微笑む。その美しい笑顔を直視できず、リリスは目を逸らす。その時、彼女はいつも視界に入っていたものが消えていたことに気づいた。

「あれ？　この部屋こんなに綺麗だったかな……」

「僕が綺麗にしたんだ。リリスさんが病気になった原因の一つは間違いなく、この劣悪な環境のせいだからね」

「うっ……そうね。私も綺麗にしないといけないとは思っていたの。けど家事の才能がなくて、綺麗にしようとすると、逆に散らかしてしまうの」

「僕が今度掃除のコツを教えてあげるよ」

「ありがとう。きっと掃除をマスターしてレオナールのように……」

リリスはレオナールという名を口にして違和感を覚えた。寝室に置かれた家具や小物の配置が、かつてレオナールが部屋の掃除をしてくれていた時と同じだったのだ。

「どうかしたの？」

「ううん。なんでもないの。ただ掃除の上手い人は掃除のやり方も似るんだなと思って」

「…………」

「昔、この家に住んでいた人がいてね、その人がいつも掃除をしてくれていたの。私がどれだけ散らかしても朝になるとピカピカになっていた。思い返すと、あの人が朝早く起きて、私のために掃除してくれていたのね……私はその行為がずっと当たり前で……感謝することも忘れていたの……」

「リリスさん……」

「感傷的な話をしてしまってごめんなさい。忘れて」

「うん」

レオナールとリリスの間に沈黙が流れる。その沈黙に耐えられず、レオナールは思い出した

ように傍にあった粥を手に取った。

「あ、そうだ、リリスさんのために料理を作ったんだ」

「お粥だ、すっごく美味しそう。パン屋さん、パン以外も得意なのね」

「うん。料理なら何でも得意だよ」

「凄い！　私とは正反対ね」

「冷めないうちに食べちゃってよ。きっと気に入ると思うよ」

リリスは粥を受け取り、木匙で掬うと、口に放り込んだ。米のほんのり甘い味と、乾燥させた魚を細かく砕いた粉末、それに隠し味として入れられた磨り潰した果実がアクセントとなり、強烈な旨味が彼女の舌全体に広がった。

「どう、美味しい？」

レオナールが訊ねる。するとリリスは目尻から涙を零した。

「このお粥、レオナールの味がする……私が病気で寝込んだ時に何度も作ってくれたお粥の味だ……」

「…………」

「もしかしてパン屋さん、あなたレオナールなの？」

「い、いや、違うよ。僕の名前はレオだよ」

「嘘だもん。レオナールだもん！　レオナールは死んでないもん！」

「だから僕は……」

「ごめんなさい、レオナール。私はあなたがいなくなって初めて大切なモノを失ったことに気づいたの」

「リリスさん……」

「私、本当に反省しているの……あなたはずっと私に優しくしてくれたのに恩を仇で返してしまった……子供の頃から何度も助けてくれたのに……何度もあなたを頼ってきたのに……あなたを捨ててジルを選んでしまった……私は本当に最低の人間よね……」

「…………」

「思い返せば、私、レオナールのこと気持ち悪いって言っちゃったけど、お互い様だったんだもんね。私も顔の火傷を村の大人に気持ち悪いって馬鹿にされて、そんな時、いつだってレオナールは庇ってくれた。ずっと私の味方だった」

「…………」

「レオナールが望むなら、私のこの先の人生すべてをあなたに捧げてもいいの。ずっとあなたと一緒にいるし、あなたが望むなら死んでも構わない。だから一度だけでいいの。許してくれないかな。また一緒に暮らそうよ」

　リリスは涙を零しながら、必死に媚びるような笑顔を浮かべてレオナールに問いかける。しかし彼はゆっくりと首を横に振った。

「僕はレオナールさんじゃないよ。僕の名前はレオだからね。顔も違うでしょ」

「で、でも、それはきっと私と同じようにハイエルフの秘薬を使ったんでしょ」

「パン屋の僕がどうやってそんな高価な薬を手に入れたっていうの？」

「そ、それは……」

「それに僕には家族がいるんだ。愛する人が待っているんだ」

「そう……ごめんなさい。私の勘違いだったみたい」

「気にしないで……僕は帰るね。また熱を出さないように健康には気を付けてね」

「ありがとう……」

リリスは悲し気な顔でお礼の言葉を口にする。レオナールは家を飛び出すと、ゴブリンダンジョンへと走った。

「ユキリスに会いたい」

レオナールはゴブリンダンジョンの中に入ると、ユキリスが待つ我が家へと飛び込むように帰宅する。彼女はレオナールの帰りが心より嬉しいのか、満面の笑みを浮かべた。

「旦那様、お帰りなさい」

「ただいま、ユキリス。君に会いたかった」

「うふふ、私もです」

「僕は君を必ず幸せにしてみせる。そのためには力が必要だ。君を、そして君の家族のエルフたちを守れるような力が必要なんだ」

レオナールは覚悟を忘れないように、野望を口にする。

「最弱の商人である僕が、国王に成りあがる。他の人ならきっと笑うだろう。けど僕は必ず成し遂げて見せる。付いてきてくれるかい？」

「私の命は旦那様と共にあります。どこまでも付いていきますよ」

ユキリスは一途な愛情をレオナールに向ける。きっと彼女は裏切らない。レオナールはそう確信した。

書籍版限定
書き下ろし　～『温泉旅行の復讐』～
短編

温泉。それは傷や病を癒し、疲れを吹き飛ばしてくれる効能を持ち、ロト王国の名物の一つでもある。特に首都エイトの傍にある温泉街のハッサムには、外国から観光客が押し寄せるほどの賑わいを見せていた。

そんなハッサムの街に一人の男がいた。聖騎士団の百人長であり、冒険者としても活躍しているジルである。

ジルが温泉街の石階段を昇ると、ロト王国の東に位置する和国の街並みをモチーフにした光景が広がる。石畳の道を挟むように瓦屋根の建物が並び、宿屋の店先では温泉饅頭も売られていた。

「俺の宿にはまだ到着しないのか！」

ジルは温泉街の目抜き通りを進み、奥へ奥へと進んでいく。活気がなくなり、自然の中にポツリと立つ建物を見つけて、大きなため息を漏らした。

「やっと到着したか。随分と辺鄙な場所にある宿だな」

ジルは聖騎士団の内部調査で、犯罪奴隷ビジネスの関与を疑われた。証拠もなく、また王女の婚約者ということもあり、処罰された訳ではないが、それでも外聞というものがある。ほとぼりが冷めるまで休暇を楽しめと、聖騎士団はジルに休みと温泉旅行を与えたのだ。

「聖騎士団には最高の宿屋を用意しろと命じたんだがな。俺の成功を妬んだ奴にでも嫌がらせされたか」

ジルは不機嫌そうに眉をしかめながら、手配された宿屋を訪れる。場所の辺鄙さとは打って変わり、手入れされた庭先と建物は、ロト王国の東側にある和国の雰囲気を再現し、高級感を感じさせた。

「場所は辺鄙だが、宿そのものは当たりかもな」

ジルは温泉宿の扉を開けて、建物の中へと入る。広々とした空間に、開放感のある吹き抜けの天井。客を歓迎するように和国の壺や掛け軸が飾られた豪華な内装は、この宿屋で正解だったと、彼に確信させた。

「これはジル様。ようこそいらっしゃいました」

「あんたは？」

「私の名前はロイ。この宿の主人でございます」

宿屋の主人だと名乗る禿頭の小男がジルを歓迎するように頭を下げる。

「長旅ご苦労様です。ジル様もお疲れでしょう。客室へと参りましょう」

ジルはロイに連れられて、客室へと案内される。畳が敷かれた客室は一人が泊まるには十分すぎるほどの広さで、窓の外には内庭の緑溢れる光景が広がる豪華な部屋だった。

「これほどの客室を用意するとは、聖騎士団は俺の価値を理解しているようだな」

「いいえ、ジル様。あなた様にこの部屋を用意したのは、私の厚意からです」

「厚意だと⁉」

「実はジル様にお願いしたいことがあるのです」

「俺に願いか。初対面なのに随分と不躾だな」

「確かにジル様と私は初対面ですが、何も無関係の人間という訳ではありません。実は私も犯罪奴隷ビジネスに加担していたのですよ」

「なるほど。ゲイルの知り合いってことか……」

「ええ。ですからジル様が犯罪奴隷ビジネスに加担していたことも知っています」

「……それはつまり俺を脅迫しているのか？」

「滅相もない。むしろこのお願いはあなたにとっても益のある話なのです」

「……話だけなら聞いてやる。話してみろ」

「ありがとうございます。では話をスムーズに進めるために、最初に一つお聞きかせください。この宿についてどう思いますか？」

ジルは思考を巡らせて質問の意図をくみ取ろうとする。だがそんな彼の悩む素振りを見て、ロイは思ったことを率直に伝えて欲しいと続けた。

「辺鄙な場所にあるにしては建物が豪華だ。それと……客の数が少ないな」

「仰る通り、我々は宿の質に関しては絶対の自信を持っています。そのため一度でも訪れてくれたお客様はご愛顧してくれることも多いです。しかし宿の存在を知らなければ、新規のお客様は増えてくれません」

「宣伝はしたのか？」

「もちろん。新聞に広告を載せたこともあります。しかし思うような効果は得られませんでした」

「根本的な原因は別にありそうだな」

「実は……お客様は我々の宿に辿り着く前に、目抜き通りにある宿屋を選んでしまうのです」

「この宿屋が流行っていない理由は立地ということか。それで俺に何を望むんだ？」

「結論から伝えますと、目抜き通りにある温泉宿の一つを手に入れる手伝いをして欲しいのです」

「なるほど。客が来てくれないなら、自分から客のある場所に移動しようという発想だな。だが容易ではないだろうな」

温泉街のハッサムは人で賑わう観光地である。目抜き通りの宿屋ともなれば、安定した収益が見込める金の卵だ。わざわざ捨てる者はいない。

「容易ではないからこそジル様に手伝っていただきたいのです。あなたは手段を選ばない人だと聞いています。成功すれば報酬も弾ませていただきます」

「俺にも旨味があるとはそういうことか……手に入れたい宿屋は決まっているのか？」

「ええ。老舗の宿屋で、既に手に入れるための施策も講じています」

「その宿屋の名前は？」

「レオナール旅館です。ゼニスという男が雇われ主人として運営していますが、権利を握っているのはあの有名なレオナール商会です」

「あいつの遺産か。なら俺が有効活用してやらないとな。手に入れるための策はあるのか？」

「ありますとも。なにせオーナーのレオナール商会はともかく、雇われ主人のゼニスという男は隙の多い男ですからね」

ロイが笑うと、ジルも同じく口角を吊り上げる。彼はかつてパーティから追放した仲間の泣き顔を思い出しながら、下卑た笑みを浮かべるのだった。

◆

アンデッドダンジョンを手に入れたレオナールは、ユキリスと共に骨休めの慰安旅行へと訪れていた。

行先はロト王国が誇る温泉街ハッサムである。そこにあるレオナール商会が所有している宿屋こそ、彼の目的地であった。

「旦那様、宿が見えてきましたよ」

目抜き通りには数多くの宿屋が立ち並ぶが、観光名所である噴水と時計台の傍に位置するレオナール旅館は一等地と呼んで差し支えない場所に店を構えていた。

「オーナーである僕がこんなことを言うのも何だけど、立派な宿屋だね」

レオナール旅館は朱色の建物と店先に飾られた緑の松の木が上手く調和し、風情ある店構えになっていた。

「旦那様は、来るのは初めてですか？」

「実はそうなんだ。オーナーになったのも、ここの店主が大の博打好きでね。借金で首が回らなくなっていたから、借金を肩代わりすることを条件に、店の権利を買い取ったんだ」

レオナール旅館の元々のオーナーはゼニスという男だった。しかし借金を理由に土地と建物を含むすべての権利を手放したため、今の彼は単なる雇われ経営者の身に堕ちていた。

「旦那様は困っている人を見過ごせませんからね」

「それは買い被りさ。レオナール旅館はハッサムの中でも歴史の長い宿屋だからね。立地も良いし、肩代わりした借金くらいすぐに回収できる。あくまで利益が見込めると判断したから買ったんだよ」

事実、レオナールは現物こそ見たことがなかったが、帳簿上の数字だと常に黒字を維持し続けていた。

「旦那様、ここで話をしていても何ですから、宿屋の中に入りましょう」

「そうだね」

レオナールが扉を開けると、最初に飛び込んできたのは松の木の盆栽だった。傍には手入れをしている従業員の女性の姿もある。艶やかな黒髪の女性だった。

「予約していたレオだけど……」

「レオ様ですね。モーリー様から話は聞いております。案内人のクラリスと申します」

「よろしくね。こっちはユキリスだ」

ユキリスは耳が見えないように、外套を頭から被ったまま、軽く頭を下げる。

「ユキリス様、レオ様、こちらこそよろしくお願いします。さっそく宿を案内させていただきますね。こちらへどうぞ」

クラリスに案内され、レオナールたちは客室を訪れる。純和風の雰囲気を放つ、畳が敷かれた風情ある客室だった。

「素晴らしい部屋だね」

「ありがとうございます」

「立地も良いし、部屋も良いし、従業員の教育も行き届いている。なのにお客さんの数が少ない気がするね」

レオナールは宿屋に入ってから、他の客と一人もすれ違っていない。これほどに素晴らしい宿屋なら、客の数がもっと多くてもおかしくはないはずである。

「実は……この宿屋は狙われているのです」

「狙われている？」

「これもすべて主人の――」

クラリスが言い終える前に、彼女の肩がポンポンと叩かれる。そこには白髪の恰幅の良い男性の姿があった。

「私がこの宿の主人、ゼニスです。クラリス君、案内ありがとう」

ゼニスがそう告げると、クラリスは頭を下げて、客室を後にする。

「この宿屋が狙われているせいで、客足が遠のいていると聞いたけど、どういうことかな？」

「実は……この宿を狙う別の宿、ロイという男から嫌がらせを受けているのです」

「嫌がらせ？」

「例えばそうですね……食べ物に毒が混ざっているとか、宿代が相場の数十倍だとか、主人がギャンブル中毒だとか、風評を流されているのですよ」

「最初の二つはともかく、最後の噂は本当だと聞いたよ」

「もしやモーリー様から私の話を聞かれましたか？」

「……それについては本題と関係ないし、一旦置いておこう。とにかく嫌がらせを受けているせいで、客足が遠のいていることは理解できたよ」

「サービス自体は自信を持って提供できるのです。レオ様もこの宿が如何に素晴らしいか、名物である温泉に入って頂ければ理解できるはずです」

「温泉か……折角だし、堪能させてもらうことにするよ」

レオナールは宿の主人に下がるように告げて、客室に荷物を置く。畳の良い匂いが彼の鼻腔をくすぐった。

◆

レオナールはゼニスの勧めで温泉に浸かっていた。乳白色の湯は彼の身体に溜まった疲れを洗い流してくれる。

「露天風呂になっているし、名物だと自賛するだけはあるね。他にお客もいないから、僕の一人占めだし、本当文句なしだよ」

空に浮かぶ雲を眺めながら、レオナールは機嫌よく鼻歌を奏でる。その音色に引き寄せられてか、露天風呂の湯気に隠れて、人影が姿を現す。

「旦那様、随分とご機嫌ですね」

「ユキリス！　どうしてここに！」

「この温泉、混浴だそうですよ。折角ですし、一緒に入りましょう」

「は、恥ずかしくないの？」

「旦那様にお見せるのが恥ずかしいものなんてありませんよ。それに湯気のおかげで、何も見えませんから」

ユキリスは温泉に浸かると、レオナールの傍に寄り添う。温泉の乳白色さえ霞むような白い肌は、温泉の効能のおかげか艶を浮かべ始めていた。

「良いお湯ですね。なんだか生き返るようです」

「こんなのんびりとした時間がいつまでも続くと良いね」

二人の間に沈黙が流れる。しかしそれは嫌な沈黙ではない。互いを信頼し、ただ傍にいるだけで幸せな時間が二人の間に流れた。

しかしそんな時間も長くは続かない。露天風呂への扉を開けて、第三者がやってきたのである。湯気の向こう側に見える人影が次第に鮮明になっていく。その正体は金髪青眼の幼馴染リリスであった。

「パン屋さん、どうしてここに⁉」

「僕は旅行だよ。リリスさんこそどうしてここに？」

「私も似たようなもの。隣に座ってもいい？」

「構わないよ……」

リリスは温泉に身体を浸けると、レオナールの隣にちょこんと座る。そこで初めて、リリスはユキリスの存在に気づく。

「湯気で顔が良く見えないけど、隣にいるのは女の人？」

「そうだよ。僕と一緒に旅行に来たパートナーなんだ。リリスさんは一人で来たの？」

「うん。一人旅。この旅は私の自己満足が目的だからね」

「自己満足？」

「以前、私が好きだった人に酷いことをした話はしたでしょ。その人と関係のある場所を巡っているの。そうすることで、いなくなったあの人を身近に感じられるから」

「リリスさん……」

「私、本当に何も知らなかったの……こんな温泉旅館を経営していることも知らなかった……いいえ、きっと私、レオナールに甘えていたの。あの人は私の傍から離れることはないと安心して、知る努力を放棄していた……こんなにたくさんの仕事をしながら、私のために家事までしてくれていたのに……きっと大変な毎日だったはずなのに顔に出さないで……それなのに私は……」

　リリスはぎゅっと拳を握りしめる。レオナールを捨てた後悔が彼女の目尻を濡らしていた。

「思えば楽しいこともいっぱいあったの。レオナールと一緒に西側の国へ旅をした時は、火傷した顔を馬鹿にされたりもしたけど、有名な観光名所を巡ったり、温泉に入ったり、彼と一緒だったから楽しいひと時を過ごせたわ」

「…………」

「レオナールが戻ってきたらまた旅行とかしたいな……うぅ……早く戻ってきてよ……レオナール……」

リリスは目尻から涙を零す。頬を伝った涙が乳白色の温泉にポトリと落ちる。

「リリスさん……」

「ごめんなさい、涙もろくて。でも大丈夫。私、きっといつかレオナールが迎えに来てくれるって信じているもの」

リリスは涙を拭って、無理をして笑顔を浮かべる。見ているだけで心が痛ましくなるような悲痛な笑みだった。

◆

温泉を堪能したレオナールはユキリスと共に客室へと戻る。彼女は戻る道中、一言も口にしなかった。

「ユキリス、さっきから黙り込んでどうしたんだい？」

「なんだか旦那様はリリスと話せて楽しそうだったので……さすがに嫉妬してしまいます」

「それはすまなかったね……でもどうしてリリスはユキリスと話をしなかったんだい？　幼馴染なんでしょ」

「旦那様を裏切るような女は幼馴染でも何でもありません。それに温泉の湯気で隠れていたとはいえ、リリスは私に気づいていませんでした。それなのに私から声を掛けるなんてなんだか癪《しゃく》じゃないですか」

ユキリスは同じ男に恋をした者同士として、リリスに対抗心を燃やしていた。彼女は傍にあったレオナールの手を握り、白い指を交わらせた。

「ユキリス……」

「旦那様は私のものです。絶対にリリスなんかに渡してなるものですか」

ユキリスは手に込める力を強くする。ギュッと握られた手から愛情がヒシヒシと伝わってくる。

「旦那様……わ、私……」

ユキリスがレオナールの顔をジッと見つめる。二人の視線が交差し、緊張感に包まれていく。そんな緊張を打ち崩すように、客室の外から悲鳴がとどろく。

「今の悲鳴は……」

「見に行きましょう」

レオナールはユキリスと共に、悲鳴が聞こえた方向へと駆ける。辿りついた場所はレオナール旅館の店先。悲鳴をあげていたのは主人であるゼニスであった。

「ゼニスさん、どうかしたのかい？」

「お客様、これを見てください！」

宿屋の入口前に巨大な鳥の魔物が死体となって転がっていた。異様な黒い鳥が血を流して息

絶えている光景はあまりにも不気味である。

魔物の傍には何事かと見物客も集まっている。魔物の死体と顔面蒼白のゼニスを見て、ヒソヒソと醜聞を嘲笑う。

「空を飛んでいた魔物が運悪くここに落ちてきた……ということはなさそうだね」

「この魔物はダンジョンで暮らす生き物です。誰かがダンジョン内部で捕まえ、私の店の前まで運び、殺したのです」

ゼニスの推測は正しいと、レオナールも感じていた。魔物から流れる血が乾いておらず、殺されてから時間が経過していない。殺された場所はレオナール旅館のすぐ近くであることは明らかであった。

「犯人に心当たりはあるの？」

「おそらくレオナール旅館を狙っている他の宿屋の仕業でしょう。しかし確証はありません。心当たりのある宿屋の主人の力では魔物を捕まえることはできませんから、他の者の仕業である可能性も捨てきれません」

「別の第三者の仕業だとしたら冒険者の協力者かもね……」

「誰の仕業にしろ、こんなことを繰り返されては商売が続けられなくなってしまいます。早く何とかしなければ……」

ゼニスは額に浮かんだ汗を拭う。ただでさえ客の数が少なくなっているのだ。魔物の死体が転がるような宿屋だと悪評が流れれば、さらに客足は遠のいてしまう。

「おいおい、なんだよ、この店。魔物の死体を飾っているのかよ！」

見物客の一人。白銀の鎧を着た男が、周囲に響き渡るような大声で魔物を指差し笑う。

「あなたはジル様！　どうしてあなたがここに⁉」

「日々の疲れを癒すための慰安旅行さ。にしても酷い宿屋だ。さすがはレオナールの奴が経営していただけのことはある。違う宿屋に泊まっていて、本当に良かったぜ」

レオナールは憎い仇敵との再会に憎悪を滾らせる。彼は自然と拳を握りしめていた。

「それにしても魔物の匂いがひでぇな。こんな臭い店に泊まる奴が本当にいるのかよ！」

「す、すぐさま、魔物を退かします！」

「もう手遅れだ。建物に魔物の匂いが移っているぞ。近くにいるだけで俺まで臭くなりそうだぜ」

ジルの口から宿を馬鹿にする言葉が飛び出すたびに、通行人たちは顰《しか》め面を浮かべる。評判が落ちていくのが、目に見えて分かった。

「おいおい、そこにいるのはもしかしてリリスか⁉」

騒ぎを聞きつけて、リリスも玄関前へと姿を見せていた。彼女はジルに名前を呼ばれると、ビクッと肩を震わせる。

「皆、聞いてくれ。そこにいるリリスという女は、この宿にお似合いのとんでもない女なんだ」

「ジ、ジル、いったい何を……」

「リリスは俺たちパーティの足を引っ張り、仲間を危険に追いやるようなクズだ。その上、長年連れ添ってきた男を捨てた上に、自殺へ追い込むような悪魔でもある。こんな女と同じ宿で寝泊まりすると、匂いだけでなく、クズな気性まで移ることになるぞ」

「ジル、酷いよ、あんまりだよ」

リリスは涙を流して、自分の客室へと逃げ帰る。その背中をジルは大声で笑う。その笑い声が無駄に通る上に、声量も大きいため、野次馬の数だけが爆発的に増えていった。

そんな時である。禿頭の小男がジルの傍に移動し、ニヤリ顔を浮かべた。人々の注目が彼へと集まる。

「私はロイ。しがない宿屋の主人でございます。この中で宿をお探しの方がいらっしゃれば、是非、私の宿にお泊りください。決して後悔はさせません」

「ロイが言っていることは本当だ。俺はこいつの宿に泊まっているが、立地こそ不便な場所にあるが、施設は豪華で申し分ない。それに何よりリリスのような最低女がいないことも魅力の一つだ」

「ささ、宿屋をお探しの皆様。私に付いてきてください。今なら料金もお安くしておきますよ」

ゼニスの誘いを受けて、野次馬たちの中から彼に付いていく者が現れる。最初は疑うような言葉を漏らす者もいたが、人は右に倣えで動く生き物である。集団が動き出すと、思考停止した者たちが、その背中を追いかけ始めた。

「私の宿はもう終わりだ……」

ゼニスは膝を付いて、倒れこむ。彼の表情が絶望で歪み、涙が零れ始める。レオナールは彼の傍にそっと近寄ると、耳元で彼にだけ聞こえるよう囁く。

「安心しなよ。僕が何とかしてあげるから」

一縷の望みに縋るように、ゼニスはレオナールを見上げる。レオナールは勝利を確信したような笑みを浮かべていた。

◆

宿屋に戻ったジルは、ロイと共に祝杯をあげていた。米酒を呑みながら、ロイの用意した料理に手を伸ばす。二人はすべてが順調に進んでいる現状を喜び、快活な笑い声をあげた。

「上手く事が運んだな」

「これもすべてジル様の計画のおかげです」

ジルの計画は魔物の死体を店の前に捨てることで悪評を生み出し、その騒ぎで集まった人たちを、ロイの宿屋に誘導するというものだった。

「もちろん報酬の方は……」

「お支払いしますとも。今回の騒動で集まったお客様の宿泊費の一割が、ジル様のものとなります」

「そうこなくてはな」

ジルは勝利の美酒を味わうように米酒に手を伸ばす。透き通るように美しい液体が喉を通る。僅かな甘味が口の中に残った。

「それでこれからどうする？」

「どうするとは？」

「もちろんレオナール旅館を手に入れる方法だ。あの宿の業績を落としても、手に入れることができなければ意味がないだろ」

「それについては妙案がございます」

「妙案？」

「レオナール旅館には致命的な弱点があるのです。こちらをご覧ください」

ロイは傍にある鞄から一枚の紙を取り出す。契約の文章と名前が記された書類に、ジルは見覚えがあった。

「これは借用書か……」

「その通りです。レオナール旅館は客が入らなくなっています。しかし経営は続けなければならない。そうなればいずれは資金が底をつきます。そこで私の持つ借用書が効力を発揮します。

レオナール旅館の保有する建物や土地を差し押さえるのです」

「債権による差し押さえか。そんな方法を良く思いついたな」

「最初は偶然でした。レオナール旅館は立地の良さに加え、従業員と料理の質が高く、歴史ある宿屋だということもあり、弱点はないように思えましたから。しかし唯一、主人であるゼニスが大の賭博好きであるという点が幸いしました。あの男は一度ギャンブルで身を滅ぼしたにも関わらず、遊ぶための金を得るために私に借金を申し込んできたのです。この時、私の頭に閃光が奔《はし》りました。上手く立ち回れば、レオナール旅館を乗っ取れるのではないかとね」

「それでこの借用書か……」

「はい。雇われとはいえゼニスはレオナール旅館の経営者です。借用書の名義人はゼニス個人ではなく、レオナール旅館にすることを条件に貸し出しました」

ロイは続ける。調子に乗ったゼニスはレオナール旅館名義で借金を膨らませていること。借金を返すために借金をし、負債額を雪だるま式に増やし続けていること。そしてロイがレオナール旅館名義の債権のほとんどを買い取っていることを。

「しかしあんたもそれだけの借金を肩代わりしたんだ。経営が苦しくならないのか？」

「正直、かなり苦しいですね。私自身、借金をして債権を買い取っていますから。しかしご安心を。レオナール旅館を手に入れれば、借金が帳消しになるほどの大きな黒字になりますから」

「それなら良いが……」

「不安材料は何もありません。心配することはありませんよ」

「レオナール商会が援助することはないのか？」

どれだけ借金漬けにしても、その借金を他の誰かに肩代わりされてしまえば目論見は消え去る。そのことはロイも認識していたのか、彼は首を横に振った。

「レオナール商会は利益を重んじます。私が嫌がらせを続けている限り、客は入りません。金の卵を産まない鶏を助けるために金を投資するほどお人好しではないでしょう」

「なら他の債権者がいればどうだ？　代わりに財産を差し押さえられたらどうする？」

「それについても、他に債権者がいないことは調査済みです。それにもし新たな債権者が現れたなら、私が肩代わりすればいいだけです」

「すべては想定通りということか……まぁいい。もし失敗したとしても、俺への報酬だけは死んでも払えよ」

「間違いなく。レオナール旅館を奪い取った暁には、報酬も弾みますので楽しみにしていてください」

ロイの言葉にジルは安心する。しかしこの安心が束の間しか続かないとは、今の彼には予想すらできなかった。

◆

ロイとの話を終えたジルはせっかく観光名所に来たのだからと、ハッサムの街の物見遊山に出かけていた。

観光客目当ての大道芸人や屋台が、行き交う人々を楽しませる。ジルはレオナール旅館を乗っ取る手伝いをしたことで小遣い稼ぎもできたことから、この街に来て本当によかったとしみじみと感じていた。

「あれは……」

ジルは視線の先に一人の女性を見つける。黒髪の幸薄そうな顔に彼は見覚えがあった。

「確かレオナール商店の従業員の女だったな……名前はクラリスといったか」

ジルはレオナール旅館を乗っ取るための作戦を考える際に、必要な情報をロイから一通り与えられていた。その中には働く従業員の情報も含まれていた。

普段のジルならどうでも良い情報だと、記憶の片隅に追いやるが、クラリスに関してはレオナール旅館の従業員の中でも評判が高かったため、彼の記憶にも残っていたのだ。

「もしかしてジルさんですか？」

「俺のことを知っているのか？」

「知っていますとも。実は私、あなたのファンなんです」

クラリスはレオナール追放の映像でジルを見て以来、一目惚れしてしまったのだと嬉しそうに語る。

「犯罪に加担したとか、ジルさんに嫉妬した人たちからの風評被害で大変だと思いますが、めげずに頑張ってください」

「任せておいてくれ。あんな悪評に負ける俺ではない」

ジルは上機嫌で、クラリスと談笑する。彼女は打てば響く太鼓のように、ひたすらに彼のことを称賛した。

「そうだ！　ジルさんに取って置きの儲け話があるんです」

「儲け話？」

「実は私、レオナール旅館に勤めているんですが、最近経営状況が悪化しているみたいで、給料の未払いが続いているんです」

「それは大変だな……しかしよく無給で働く気になるな」

「今まで勤めてきた情もありますし、それに給料の代わりに、借用書を貰っていますから」

「それは興味深いな」

「ジルさんならそう言ってくれると思っていました。そこでご相談なのですが、借用書を買い取ってくれませんか？」

「話が見えてきた。儲け話とはそういうことか」

「私は気が弱く、ゼニスさんから借金を返して貰うよう交渉することは難しいです。しかしジルさんなら私と違い、冒険者としての実力も、お姫様の婚約者としての権力もあります。きっと上手く回収できるのではないですか？」

「俺なら容易だろうな」

ジルにはロイというレオナール旅館の借用書を喉から手が出るほど欲しがっている知り合いがいる。右から左に流すだけで、借用書を売却することが可能だ。

「で、俺がその借用書を買い取るとして、いくら払えばいい？」

「借用書の金額の半分で如何ですか？」

「悪くないが、お前はそれでいいのか？」

「実は病気の家族がおり、治療費を払うためにも、将来お金になる借用書よりいますぐ貰える現金が必要なのです」

「病気の家族がいるなら、金が必要な理由も理解できる……しかし借用書を俺に売ることは、レオナール旅館への恩義に背くことになるぞ」

「……構いませんよ。最初に裏切ったのはあちらなのですから」

「何かあったのか？」

「実はレオナール旅館の主人であるゼニスが大の賭博好きで、経営不振に陥った最初の原因も彼の借金が理由だったらしいのです」

「なるほど。それは怒るのも無理はないな」

「そうですとも。それに直接的な原因でなくとも、回り巡って、私の給料が払われていないのですから、これはゼニスの賭博のために私たちの給料が未払いになっているに等しいです。だからこそ従業員たちは皆、レオナール旅館に見切りを付けました。全員で出ていく予定です。だから借用書は私の分だけではありません。皆も売却を望んでいます」

クラリスは懐から借用書の束を取り出す。そこに記された金額すべてを足し合わせると、一財産といえるほどの額になった。

「買っても良い……だがこれだけの借用書をどうして持ち歩いていたのか教えてくれ」

「実は知り合いの商人に売ろうと考えていたんです。ただどうせ売るなら、憧れのジルさんに買ってもらいたいのですよ」

「なるほど」

話の筋は通っていると、ジルは逡巡するような素振りを見せると、ゆっくりと首を縦に振る。

「いいだろう。俺が買う。ただこれだけの金額だ。現金はすぐに用意できない」

「なら私の知り合いが金融屋を営んでいるので、その人から借りてはどうでしょうか？」

「借金か……だがまぁいい。どうせすぐに返せる金だ」

レオナール旅館の借用書はロイ相手なら必ず売れる商品だ。借金をしたとしても十分に元を取ることができる。ジルは借金をする決意をし、クラリスの知人の金融屋へと向かう。その道のりが地獄へと続いているとは、彼はまだ知らずにいた。

◆

魔物の死体がレオナール旅館の前に晒された日以降も、嫌がらせは止まらなかった。悪評の流布により客足は遠のき、赤字が膨らんでいく。ただでさえ返しきれない借金経営を続けていたレオナール旅館は経営が立ち行かなくなるまで追い込まれた。

「この旅館も廃業か……」

レオナールは宿屋前の通りから、廃業する旅館を見上げる。歴史ある店も、終わるときは一瞬であった。

「私は長年、この宿の主人を任されてきました。その結末がこうなるとは予想すらしていませんでしたよ」

ゼニスがレオナールの隣に立ち、彼と同じように宿屋を見上げる。その視線には僅かな寂寥が籠められていた。

「これはこれはゼニス様」

ニンマリと笑みを浮かべながら現れたのは、ゼニスに嫌がらせを続けていたロイであった。禿頭の頭を陽光で輝かせ、ゆっくりと近づいてくる。

「……今日は何のご用で？」

「決まっているでしょう。あなたの借金を回収しに来ました」

ロイは懐から借用書の束を取り出すと、それをゼニスに付きつける。借用書に書かれた数字は、そのどれもが、今のゼニスでは到底返すことのできない金額ばかりであった。

「回収といいますが、見ての通り、レオナール旅館は誰かさんのせいで廃業です。そんな大金返せるはずがないでしょう」

「金がないのなら仕方ありませんね。現物を差し押さえることにしましょう」

ロイは最初からそのつもりだったのか、物件を差し押さえるために宿屋の中に入ろうとする。

そんな彼の腕をレオナールが掴んだ。

「少し待ってくれないかな」

「誰ですか、あなたは？」

「僕はレオ。この宿を差し押さえるなら僕の許可を取ってもらわないとね」

「残念ながら私に慈悲を求めても無駄ですよ」

「勘違いしないで欲しいな。僕は正当な権利があるから、差し押さえを止めろと要求しているんだよ」

「権利？」

「実は僕もレオナール旅館の債権者なんだ」

レオナールが懐から借用書の束を取り出すと、ロイに突きつけるように差し出す。

「なるほど。あなたも債権者だったと。なら私がこの債権を購入――」

ロイは言葉尻を引っ込める。それは借用書に記された数字が視界に入ったからであった。

「なんですか、この金額はっ！」

「大金でしょう。だから僕は何とかして、この借金を取り返さないといけない。故にレオナール旅館の権利のほとんどは僕が貰う」

「そんな勝手な言い分を認めるはずがないでしょう！」

「勝手な言い分なんかじゃないよ。きちんと君の債権も認めてあげるよ。ただし差し押さえできる財産は有限なんだ。債権額の比率で公平に分配しよう。僕がレオナール旅館の建物と土地を貰うから、君には店先の松の木をあげるよ。年代物だから値も張るそうだよ。よかったね」

「ふ、ふざけるなっ！　これではまるで詐欺ではないかっ！」

「詐欺か……でも証拠はあるの？」

「うっ……」

「ないよね。それに僕はロイさんからお金を騙し取ったりしてないよ。君が勝手にレオナール旅館の借用書を集めていただけなんだから」

「それは……」

「なんなら聖騎士団を交えて裁判をしてもいいよ」

「そ、それは困ります！」

ロイは言葉に詰まる。彼自身合法的とはいえない嫌がらせを続けていただけに、聖騎士団の介入を許す訳にはいかなかった。

「レオ様と言いましたね……この詐欺の黒幕は誰なのですか⁉」

「黒幕？」

「あなたのような少年が黒幕なはずないでしょう。能無しゼニスではこんなことを思いつくはずもないし、裏で手を引いている誰かがいるのでしょう」

レオナールはロイの質問に悩む素振りを見せると、何か悪だくみを思いついたのか、ゆっくりと口角を吊り上げる。

「ロイさんは最近誰かから借用書を買わなかったかい？」

「まさかジル様が……だがあの男ならやりかねない」

ロイはジルのことを全面的に信頼してはいなかった。なにせ彼は自分の利益のために他者を奴隷にするビジネスに加担していたのである。ロイ自身も一枚噛んでいたからこそ、メンバーたちの悪辣さを知っていた。故にジルを信頼することはできなかった。

「ジル様に確かめねば……いや、あの男から金を取り返さなければ……」

ロイはそう言い残して、自分の宿屋へと駆けていく。その背中をレオナールたちは勝利の笑みを浮かべて、見送った。

「レオさん、本当にありがとうございました。これでレオナール旅館が守られます」

「君が感謝する必要はないよ。僕の利益のためにしたことだからね」

「それでも感謝は尽きません。計画的な廃業でレオナール旅館の看板はなくなりますが、新しいレオナール旅館は残り続けますから」

レオナール旅館の看板はたびたびの嫌がらせで、評判が地に落ちていた。このまま同じ看板を上げ続ける意味もないため、一旦廃業し、人も建物もそのままで新しい旅館を始めるつもりだった。

「まさかこれほど上手く進むとは思っていませんでした。それどころか、最初レオさんから架空の借用書を作って欲しいと頼まれた時は、レオさんに騙されているかもしれないと思ったほどです」

レオナールの計画はシンプルだった。偽の借用書を作り、廃業後の差し押さえで宿屋の建物と土地を守り抜くというものだ。

「これでもう安心なのですよね？」

「油断はできないけど、ここから挽回する手はないはずだよ。なにせロイさんはレオナール旅館が手に入ることを前提に借金までしていたからね。その借用書も手に入れておいたし、再び嫌がらせをされても、債権を盾に追い返すことができる」

嫌がらせを止めなければ、ロイの宿屋を差し押さえる脅しが使える以上、無用な争いは生まれないはずである。

「本当にレオさんには感謝してもしきれませんよ」

「僕の方こそラッキーだったよ。なにせジルにちょっとした復讐ができそうだからね」

レオナールは怨嗟の籠った笑い声を漏らす。隣で聞いていたゼニスの肩が震えるほどに、その笑い声は底冷えするような恐怖を孕んでいた。

◆

ロイは自分の経営する宿へ戻ると、怒りを顔に浮かべて、ジルの客室を訪れる。客室の扉を開けると、彼は畳に寝転がりながら、欠伸を漏らしていた。

「ロイ、帰ってきたのか。レオナール旅館は手に入ったか？」

「ジル様、あなたは私を騙しましたね⁉」

「騙した？」

「あなたの罠でレオナール旅館の借用書は紙くず同然です。責任を取ってもらいますからね」

「罠？　いったい何の話をしている？」

「とぼけても無駄です。裏で手を引いていた黒幕があなただと私は確信しているのですから」

「…………」

ジルはロイの様子から何を言っても無駄だと悟る。まともに相手するのも面倒だと、ゆっくりと立ち上がる。

「逃げるのですか？」

「罠だ何だと俺の知ったことか。それよりもレオナール旅館を奪い取るための手伝いをしたんだ。報酬は用意しとけよ」

「払うはずないでしょう。むしろこちらが頂きたいくらいだ！」

「ははは、笑える。俺が金を払う？　そんな馬鹿げた要求を呑むと思うのか？」

「それは……」

「騙されたのはご愁傷様だな。まぁ、俺とは関係ない話だ。せいぜい頑張れよ」

ジルはそう言い残して、客室を後にする。彼の背中にロイの罵倒が突き刺さったが、気にする素振りもなく、宿の外に出る。

「レオナール旅館を奪い取る報酬は諦めるしかなさそうだな。ただそれでも俺は構わないさ。なにせ俺にはボーナスがあるからな」

ジルは懐から革袋を取り出す。そこには金貨がみっしりと詰まっていた。

「クラリスとかいう女の従業員から買った借用書をロイに売っておいて正解だったな。俺の手元には大金だけが残ることになる」

ジルは購入した借用書をロイに売り、利ザヤを得ることに成功していた。結局、今回の騒動はロイの一人負けという結果に終わる。この時の彼はそう思っていた。

「おい、あんたがジルだな」

ジルの元に人相の悪い男が現れる。顔に十字の傷を持つ男で、眼光の鋭さから、まともな仕事の人間ではないと、ジルは察する。

「俺がジルだが、それがどうした？」

「俺は金融屋だ。借金の回収に来た」

「……ああ、あの女の紹介で借りた借金のことか」

ジルはレオナール旅館の借用書を買うために、クラリスの紹介する金融屋から借金をしていた。借りた時の金融屋の担当者は温和な女性であったが、回収担当の男は印象がガラリと違う、粗暴な男であった。

面倒な奴から借りてしまったと、ジルは軽くため息を漏らすと、借金の返済に応じることに決めた。

「良いだろう。確かに俺が借りた金だ。払ってやるよ。この袋から借金の額だけ持っていけ」

ジルは男に金貨が詰まった革袋を渡す。すると男は中身を確認するまでもなく、そのすべてを懐に収めた。

「おい、借金の額はもっと少ないはずだろ。余った金は返せよ」

「何を言っている。逆だ。お前の借金はこんなもので返済しきれるか」

「はぁ？」

「これを見てみろ」

金融屋の男は借用書をジルに突き出す。そこには彼が借りたはずの金額よりも遥かに大きな金額が書き込まれていた。

「この借用書、間違っているぞ。俺はこんな金額は借りてねぇ」

「あんた、金利って知っているか？」

「もちろん知っている。借金を返す時に付ける年に数パーセント程度の――」

「何か勘違いしているようだが、俺の借金の金利は一時間で一割だ」

「はぁ！」

あまりに法外な金利だった。ジルは怒りを通り越して、呆れさえ感じてしまう。

「そんな法外な借金、払うはずないだろ」

「断るのか？」

「断るとも」

「ならこちらも強硬手段に出るしかないな」

「強硬手段か。面白い。俺に勝てると思っているのか？」

「さすがに暴力では聖騎士団の百人長を相手にしては勝てんさ。だがな、俺はあんたの弱みを握っているんだ」

「弱み？」

「あんたがレオナール旅館に対してしたことを告発する。俺の言葉なら大衆も信じないだろうが、従業員であるクラリスの涙の証言があれば、きっと誰もが信じることになる」

「ぐっ！」

「あんたは今、犯罪奴隷ビジネスに加担していた疑いをかけられている。ここでさらなる疑惑が浮上すれば、あんたの名声は地に落ちるぜ」

「だが払いたくても俺には金が……」

「王家に頭を下げて貸して貰えよ。もっとも王家のあんたに対する評価は地に落ちることになるだろうけどな」

「くそおおおっ！」

ジルはやり場のない怒りを吐き出そうと、怨嗟の雄叫びをあげる。姿の見えない自分を嵌めた敵を許さないと、彼は復讐の炎を燃やすのだった。

◆

「レオナール旅館、改め、レオ旅館をよろしくお願いします」

レオナールの策略により、ロイの脅威は去った。嫌がらせで落ちたイメージを払拭するべく、従業員たちは宿屋の前で客引きをしていた。

「一度廃業して、名前を変えたといっても、簡単にお客さんは来てくれませんね」

ゼニスが不安げな声を漏らす。その不安が従業員にも伝播したのか、声が小さくなる。

「ほら、お前たち、もっと大きな声を出せ！」

「はい！」

ゼニスの発破により、従業員たちは喉が枯れるほどの声で客に呼びかける。必死さが伝わったのか、何事かと客の足が止まり始める。

「優秀な従業員たちだね。それに宿そのものの質は高いんだ。何も心配することはないよ」

「そうだぜ、何も心配する必要はねぇ」

レオナールたちの前に若禿げの筋肉質な男が姿を現す。その男はこの宿の従業員なら誰もが知る男だった。

「モーリーさん！」

まっさきに声をあげたのはゼニスであった。媚びへつらうような表情で、彼へと擦り寄る。彼がそのような態度を取るのは、レオ旅館の運営は主人であるゼニスが行っているが、その主人を任命する経営権を握っているのはオーナーであるレオナール商会だからである。

特に幹部の一人であるモーリーの機嫌一つで首が飛ぶこともあるだけに、ゼニスは緊張で喉が震えていた。

「モーリーさんが紹介してくれたレオさんのおかげで、私の宿屋は救われました。なんとお礼を言っていいやら」

「礼はいらねぇよ。これからお前は俺のことを恨むだろうからな」

「恨むとはまさか……」

「ゼニス、お前は降格だ。主人の座はクラリスに継がせる」

ゼニスは突然の降格処分に頭が真っ白になっていく。

「ど、どうして私が降格なのでしょうか？」

「今回の騒動の顛末をレオ坊から聞いたが、事の発端は、お前の借金だったんだろ」

「それは……」

ゼニスは何とか言い逃れをしようと思考を巡らせるが、事実を指摘されているだけに言い訳も出てこない。

「言いたいことがあるなら、言ってみろ」

「た、確かに、私はギャンブルで過ちを犯しました。しかし同じ過ちは繰り返しません……」

「信じられないな」

「ほ、本当です。絶対にしません。だから降格処分だけは」

「よし。ならこうしよう。一年間、生活態度を見る。その結果、改善されたと判断したら、再び主人に戻してやる。これでどうだ？」

「それは……」

本音ではゼニスはすぐにでも主人に返り咲きたかった。しかしあまり機嫌を損ねると、最悪首になるかもしれない。妥協すべきと判断したゼニスは、ゆっくりと首を縦に振った。

「クラリス、お前は優秀だと聞いている。頑張って宿を盛り上げてくれ」

「は、はい」

クラリスが満面の笑みを浮かべて、頭を下げると、黒髪がはらりと宙を舞った。他の従業員たちも笑顔を浮かべて、クラリスの昇格を喜んだ。

「レオ坊、休暇は楽しめたか？」

「うん。すごく楽しい休日だった」

「レオ坊の大事な人とやらは宿の中か？」

「うん。まだ部屋で寝ていると思うよ」

「一度会ってみたかったが、起こすのも悪いしな。俺はこの後、都市長の仕事があるから帰る。首都エイトでまた会おうぜ」

「そうだね」

二人は友情を確認し合うように、がっしりと互いの手を握る。しかしモーリーは突然顔色を変えると、その手に込めた力を強くする。

「あれはもしかしてリリスか！」

モーリーの視界には宿から出てきたリリスの姿が映る。彼は「俺がガツンと言ってやる」と口にして動き出そうとするも、その足をレオナールが引き止める。

「なぜ止めるんだ？」

「これは僕の問題だからね。モーリーが入ると、話がややこしくなる」

「レオ坊……だが……」

「モーリーの僕を思う気持ちだけで十分だよ。話は僕がしてくるよ」

「レオ坊がそういうなら……」

モーリーは諦めたのか、手を放して、怒りと共に息を吐き出す。レオナールは内心でひやひやしながら、リリスへと近づく。

「もう帰るの？」

「うん。レオナール所縁《ゆかり》の地を巡る旅はまだまだ始まったばかりだもの」

「気を付けてね。あんまり無理しては駄目だよ」

「ありがとう。心配してくれて。でも大丈夫、私は元気だから」

「…………」

「私は行くね。パン屋さんも元気でね」

リリスはさよならの手を振ると、レオナールも合わせるように手を振り返す。彼の表情はどこか寂し気だった。

「パン屋さん、やっぱりレオナールにそっくりね」

「そうかな？」

「うん。レオナールも私が一人で外出しようとすると、いつも寂しそうな顔をするの。その時の彼の顔にそっくりだったわ」

「…………」

「もし私に好きな人がいなければ、きっとパン屋さんのことを好きになっていたかもね」

「僕もだよ。僕も好きな人がいなければ君のことを好きになっていたかもしれない……」

「うふふ、私たち似た者同士ね」

「まったくだね」

リリスは名残惜しそうにレオ旅館を見上げると、その光景を網膜に焼き付ける。次は愛しの彼と共に訪れると、彼女は心の中で誓うと、その場を後にした。彼女の背中はどこか寂しげであった。

あとがき

はじめまして、本作の著者である上下左右と申します。

このたびは私の作品をご購入いただき、誠にありがとうございます。

本作が商業作品としては二作目となるヒヨッコ作家ですが、今後とも御贔屓にしていただければ幸いです。

さて私が本作を執筆するに至った経緯ですが、そこに崇高な理由はなく、ただ単純に私が読みたかったからというのが理由になります。

私はシンデレラのような不遇な立場にいる人間が、何かをキッカケにして幸せになる物語が大好きなのですが、なかなか琴線に触れるような作品と出会えずにいました。なら自分で作ろうと考えたのが、本作を執筆した理由になります。

そのため不遇な目に遭っていたレオナールが徐々に幸せになっていく展開や、レオナールを裏切ったリリスが、罪悪感で苛まれるシーンは自分でもお気に入りだったりします。

今後も本作は私が読みたいと思った内容を描いていくと思いますが、私と同じような嗜好の持ち主に喜んで貰えたなら作家冥利に尽きます。

最後に本作に携わってくれた関係者の皆様に謝辞を申し上げます。特に私の小説を拾い上げて書籍化させて頂いたこと、拙い原稿の完成度を上げるアドバイスをしてくれたことなど担当編集さんとＵＧノベルズの皆様に感謝しております。

また華麗なイラストを描いてくださった冬ゆき様にも感謝しております。元々ＳＮＳでイラストを拝見した時から、この人に描いてもらいたいなぁと願っていた夢が叶ってよかったです。さらに冬ゆき様に描いてい頂いたヒロインたちは私の頭で想像していたよりも何倍も可愛く、特にメインヒロインのユキリスとリリスの二人は、その完成度の高さに驚かされました。

そして何よりも感謝したいのが、本作を購入してくれた読者の皆様です。読者の皆様がいるからここまで頑張ることができました。心より感謝させていただきます。

レオナールたちのダンジョン運営はこれからも続いていきます。もし続刊されることになれば、二巻も読者様に楽しんで頂ける作品を提供できるよう頑張りますので、これからも応援よろしくお願いいたします。

当たる確率はだいたい 70%!?
スキル【予報】は意外と役に立つ？

1日500個のレンガを積み、わずかばかりの賃金を得て生活しているレンガ積み職人・ジュートは、70％くらいの確率で未来を予報するハズレスキル「予報」の持ち主でもあった。
せいぜい天気予報くらいにしか使えないと思われていた「予報」だったが、冒険者の命を救ったことで注目されることに……。次々と訪れる予報希望の客、トラブルに巻き込まれてゆくジュート。レンガ積みと予報屋、二刀流主人公のドタバタスローライフ、スタート。

UG022

外れスキル『予報』が進化して『言ったら実現』になる件☆ **レンガ・レンガ・レンガ！でスローライフしてます**

著：天野優志　イラスト：lxy

本体 1200 円＋税　ISBN 978-4-8155-6022-5

UG novels UG021

実力隠した最弱商人の成り上がり
～《パーティを追放されたので、ダンジョンマスターとして経営の知識を悪用し、復讐することを決めました》～

2019年12月15日　第一刷発行

著　　者　上下左右
イラスト　冬ゆき
発 行 人　東 由士
発　　行　株式会社英和出版社
〒110-0015　東京都台東区東上野3-15-12 野本ビル6F
編集部:03-3833-8780
発　　売　株式会社三交社
〒110-0016
東京都台東区台東4-20-9　大仙柴田ビル2F
TEL：03-5826-4424／FAX：03-5826-4425
http://www.sanko-sha.com/　http://ugnovels.jp
印　　刷　中央精版印刷株式会社
装　　丁　金澤浩二(cmD)
D　T　P　荒好見(cmD)

ISBN 978-4-8155-6021-8　© 上下左右･冬ゆき／英和出版社

上下左右先生･冬ゆき先生へのファンレターはこちらへ

あて先
〒110-0015
東京都台東区東上野3-15-12
野本ビル6F
(株)英和出版社
UGnovels編集部

本書は小説投稿サイト『小説家になろう』(https://syosetu.com/)に投稿された作品を大幅に加筆･修正の上、書籍化したものです。

『小説家になろう』は『株式会社ヒナプロジェクト』の登録商標です。

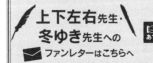